Merle van Norden

LIESCHEN,
LIESCHEN,
FANG MICH DOCH

Thriller

Merle van Norden ist das Pseudonym der Autorin Jessica Pietschmann, geboren 1984 in Witten, NRW. Sie lebt südlich von München in der Nähe des Starnberger Sees. Unter dem Namen Merle van Norden schreibt sie Thriller und Krimis, während sie unter ihrem bürgerlichen Namen Ratgeber veröffentlicht und unter einem weiteren Pseudonym, Lilly Leev, Romane.

Merle van Norden

LIESCHEN, LIESCHEN, FANG MICH DOCH

Thriller

Die in diesem Werk vorkommenden Personen und Ereignisse sind frei erfunden. Ähnlichkeiten mit lebenden oder verstorbenen Personen sowie tatsächlichen Ereignissen sind zufällig und nicht beabsichtigt.

Impressum

Lektorat: Nico Pietschmann

Verantwortlich für den Inhalt:

Jessica Pietschmann

Weidacher Hauptstraße 6

82515 Wolfratshausen

info@jessicapietschmann.de

Druck: epubli – ein Service der Neopubli GmbH, Berlin

Für meine Schwester Melissa

1

Deutschland, in der Eifel, 30. August 1992

»Lieschen, Lieschen, fang mich doch,
50 Meter sind es noch.
Lieschen, Lieschen, komm schnell her,
Sonst siehst du mich nimmermehr.«

Lachend rannten die zwei Mädchen über den Hof. In ihren roten Radlerhosen, den weißen T-Shirts und den braunen Pferdeschwänzen glichen sie sich wie ein Ei dem anderen. Und doch war Lotte ein Jahr älter als die achtjährige Linda.

»Na komm schon, Linda, fang mich doch!« Lotte drehte sich zu ihrer Schwester um und streckte ihr die Zunge raus.

»Ich kann nicht so schnell, ich bin schon völlig außer Puste«, rief Linda.

Lotte blieb stehen, als sie sah, dass Linda auf Höhe der Garagen stand, den Oberkörper leicht nach vorne geneigt und die Hände in die Hüften gestützt.

»Was ist? Hast du etwa schon wieder Seitenstechen?«

Linda nickte.

»Du solltest mal wieder mit mir bei der Leichtathletik trainieren. Dann würdest du nicht so schnell schlapp machen.« Lotte kam mit einem spöttischen Grinsen näher. Als sie nur noch etwa einen Meter von ihrer Schwester entfernt war, sprang Linda vor und zog Lotte am Zopf.

»Lieschen, Lieschen hat dich jetzt, bist mit rotem Blut benetzt.«

»Du Biest!« Lotte quiekte erschrocken auf. Kurz darauf lachte sie los. »Das war verdammt schlau von dir!«

»Natürlich. Wie soll ich dich denn sonst fangen? Du bist einfach zu schnell für mich.«

»Ich sagte ja, mach wieder bei der Leichtathletik mit.«

Lindas Zopf flog hin und her, so heftig schüttelte sie den Kopf. »Nein, ich will nie wieder einen Weitsprung machen.« Sie hob ihr linkes Bein an und umklammerte ihr Fußgelenk. »Ich habe zu viel Angst, dass ich ihn mir wieder breche.«

Lotte zuckte mit den Schultern. Sie wollte es nicht zugeben, aber seit Lindas Unfall hatte sie auch Angst vor dem Weitsprung. Lindas Schmerzensschrei hallte vor jedem Sprung durch ihren Kopf.

»Schade, ich hatte die Hoffnung, dass wir wieder zusammen trainieren und eines Tages gemeinsam als die Bauer-Schwestern in die Leichtathletikgeschichte eingehen.«

»Ich denke, ich werde schwimmen. Das ist besser für die Füße. Doktor Schramm hat zwar gesagt, dass ich ruhig wieder springen darf, aber ich will es nicht.«

Eine schwarze Katze kam aus einer Garage gelaufen. Mit hoch erhobenem Schwanz strich sie um die nackten Beine der Mädchen.

»Hallo Sammy. Na, wo hast du dich wieder herumgetrieben?« Lotte kniete sich nieder und streichelte über das weiche Fell. Die Stellen hinter den Ohren waren die weichsten.

»Was hältst du davon, wenn wir verstecken spielen?«

»Eine tolle Idee! Ich fang an, mich zu verstecken. Du zählst und ich lasse mich von Sammy in ein Versteck führen.« Lotte sprang auf, ignorierte gekonnt Lindas Augenrollen und scheuchte den Kater auf, der sich gerade auf den Boden gelegt hatte.

»Aber nicht in die hinteren Kellerräume, du weißt, Mami und Papi wollen das nicht.«

»Ach, pah! Wenn wir immer auf Mami und Papi hören, werden wir nie etwas riskieren. Und sollten sie fragen, sagen wir einfach nein. Und jetzt los! Augen zu und zählen.« Lotte wartete, bis Linda ihre Augen schloss, drehte sie ein paar Mal im Kreis, damit sie die Orientierung verlor und sprang dann singend davon.

»Lieschen, Lieschen fang mich doch,
50 Meter sind es noch.
Lieschen, Lieschen komm schnell her,
sonst siehst du mich nimmermehr.«

»Das Lied ist doch nur fürs Fangen, du Doofi«, rief Linda ihrer Schwester hinterher. Dann zählte sie bis hundert.

2

England, Essex, Lee-over-Sands, 29. August 2022

1

Der Wind peitschte gegen das Dach des alten kleinen Hauses und ließ die Dachziegel klappern. Es war gefährlich, sich bei dem Sturm auf dem Dachboden aufzuhalten, aber David kam nicht gegen seine Mutter an. Sie wollte, dass er alles, was sich dort oben befand, ins Untergeschoss holte. Barbara Schütz wusste, der Dachstuhl würde nicht mehr lange halten, und ob das Haus dann nicht komplett zusammenbrechen würde, war fraglich. Sie mussten aus dem Haus weg. Allerdings wollte sie einiges mitnehmen, was ihr lieb und teuer war. Und das meiste auf dem Dachboden gehörte dazu.

David war am Abend aus dem zehn Meilen entfernten Wivenhoe gekommen, um seine Mutter zu sich zu holen. Doch sie hatte sich geweigert. Der angekündigte Sturm machte ihr zwar Angst, aber sie konnte ihre Sachen nicht zurücklassen, hatte sie ihrem Sohn gesagt. Als er ihr anbot, einiges davon mitzunehmen, willigte sie ein.

»In Ordnung, ich hole ein paar Kartons aus dem Keller und packe hier unten schon einmal alles zusammen. Und du holst alles vom Dachboden«, hatte sie in ihrem bestimmenden Ton gesagt, der keine Widerworte duldete.

Seufzend war David auf den Dachboden gestiegen und sah sich dort um. Gerümpel über Gerümpel befand sich dort.

Viele Kisten standen schon seit seiner Kindheit da und die zentimeterdicke Staubschicht verriet, dass sie seit Jahren nicht geöffnet worden waren.

»Ich sollte einfach alles vor die Tür stellen, der Wind kümmert sich dann schon darum«, sagte David zu sich selbst. Er nahm sein Handy aus der Hosentasche und rief seinen besten Freund Stanley an. »Stanley, es tut mir leid, dass ich dich jetzt noch störe. Aber kannst du mir bitte helfen? Du weißt ja, ich wollte meine Mutter wegen des Sturms zu mir holen. Ich glaube, dass das Haus es dieses Mal nicht mehr übersteht. Aber sie will so vieles mitnehmen. Du kennst sie ja …«

Stanley lachte. »Willst du mir etwa weismachen, dass sie stur ist? Na klar, ich komme. Reicht der kleine Transporter?«

»Logisch. Ich will nicht ihren kompletten Hausstand mitnehmen. Außerdem muss ich es auch noch lagern können.« David fuhr sich durch die Haare und schüttelte den Kopf. »Ich weiß nicht einmal, wo ich das Zeug unterbringen soll. Hättest du noch Platz in deiner Scheune?«

Stanley hatte eine Umzugsfirma und auf seinem Firmengelände zwei große Scheunen, in denen Kunden Lagerplätze mieten konnten. Obwohl David genau wusste, dass Stanley ihm immer half, hatte er ein schlechtes Gewissen. Weder er noch seine Mutter hatten viel Geld, um die Lagerkosten zu bezahlen.

»Mach dir keinen Kopf, David. Für euch habe ich immer Platz. Und ich denke, wenn deine Mutter tatsächlich nicht zurück ins Haus kann, habe ich auch schon eine schicke neue Wohnung für sie.«

»Okay, danke dir. Kannst du dich dann auf den Weg

machen? Wir sollten hier so schnell wie möglich weg.«

Gerade als David aufgelegt hatte, deckte der Sturm die ersten Ziegel vom Dach. »Fuck! Jetzt aber schnell. Und Mama kann sich auf den Kopf stellen, die alten Kisten bleiben hier.«

»David, ist da oben alles in Ordnung?« Barbara Schütz stand unten an der Treppe und zitterte am ganzen Körper.

»Nein. Der Sturm zerstört das Dach. Es ist gefährlich hier oben.«

»Bitte rette meine ganzen Schätze.« Sie drehte sich um und lief in die Küche zurück.

In der nächsten Dreiviertelstunde brachte David eine Kiste nach der anderen die Treppe hinunter. Glücklicherweise waren in der Zeit keine weiteren Ziegel heruntergerissen worden.

Erst als David gerade die letzte Kiste im Wohnzimmer abstellte, stürmte ein heftiger Windstoß über das Haus hinweg und riss das halbe Dach mit sich. Die alte Tanne im Garten durchbrach das große Fenster im Wohnzimmer.

»Mama! Wo bist du?« David schrie gegen den Wind an und klammerte sich verzweifelt am Treppengeländer fest. Er hoffte inständig, dass Stanley sich nicht auf den Weg zu ihnen gemacht hatte. Er würde es sich nie verzeihen, seinen besten Freund in Lebensgefahr gebracht zu haben.

»Mama?« Der Wind ließ für einen Moment nach und David lief in die Küche.

Seine Mutter hatte sich in die Nische zwischen Hauswand und Kühlschrank gezwängt. Sie war kalkweiß im Gesicht. »David«, flüsterte sie. »David, das ist unser Ende. Wir werden das nicht überleben. Und das ist meine Schuld.«

David nahm seine Mutter in den Arm und sie fing an zu weinen. Sie klammerte sich wie ein Affe an seinem Pullover fest.

»Ach, Quatsch. Wir schaffen das schon. Wir …« Ein Hupen unterbrach ihn. Er blickte aus dem Fenster und erkannte, dass Stanley seinen Transporter nah an die Haustür herangefahren hatte.

»Komm, Mama. Stanley ist da. Wir können deine Sachen in den Wagen packen und dann nichts wie weg hier.« David zog seine Mutter hinter sich her durch den Flur.

Der Wind blies stark durch das zerstörte Fenster, aus dem Wohnzimmer in den Flur. Es war ihm fast nicht möglich, die Haustür zu öffnen. Stanley und sein Mitarbeiter John, den Stanley zur Verstärkung mitgebracht hatte, warfen sich von außen dagegen. Mit vereinten Kräften schafften sie es endlich und Stanley zog Barbara sofort in den Transporter.

»Setz dich bitte einfach auf den Beifahrersitz, okay? Alles andere ist zu gefährlich.« Eindringlich blickte er sie an.

»Chef, das ist eine saublöde Idee, mitten in der Nacht das Haus auszuräumen«, sagte John. Der Mann war bereits im Rentenalter, aber seine unersättliche Neugier trieb ihn immer wieder dazu, bei Umzügen mitzuhelfen. Er fand es spannend, was die Menschen alles aufheben wollten und wie sie lebten. Bei diesem Wetter wäre er zwar am liebsten in seiner kleinen Wohnung geblieben, aber seine Neugier gewann.

»Ich weiß. Aber ich sagte dir bereits, dass es sich hier um einen Teil meiner Familie handelt.«

David warf Stanley einen dankbaren Blick zu und rief dann zur Eile auf.

John und Stanley luden in Windeseile die Kisten in den Transporter, während David noch Kleidung seiner Mutter sowie sämtliche Dokumente zusammensuchte. Daran hatte Barbara nämlich nicht gedacht. Ihr waren das Geschirr und die Familienbilder wichtiger gewesen.

»So! Das war die letzte Kiste. Nimm John in deinem Auto mit, ich nehme deine Mutter bei mir mit.« Stanley schlug die Türen des Wagens zu und eilte zur Fahrertür.

David wies mit dem Kopf auf den Peugeot auf der anderen Seite der kleinen Straße und die Männer rannten unter dem mittlerweile einsetzenden Regen los.

»Deine Mutter ist wohl ganz schön stur, wie?« John schüttelte sich wie ein Hund, als sie im Auto saßen. David wischte sich missmutig das Gesicht ab. Er wollte den alten Mann nicht zurechtweisen, immerhin hatte er ihm beim unfreiwilligen Umzug geholfen.

»Ja. Das war sie schon immer und man kommt einfach nicht gegen sie an.« David wendete den Wagen und fuhr langsam hinter Stanley her. Der Transporter schwankte im Sturm. Die weitläufigen Felder boten ihm eine gute Fläche zur Vernichtung allen Lebens.

»Lieber Gott, steh uns bei.« David war nicht gläubig, aber es fühlte sich gut an, ein Stoßgebet zu sprechen. »Aber dieses Mal ist sie echt zu weit gegangen. Ich hoffe sehr, dass wir alle heil in Wivenhoe ankommen und dass der Sturm dort nicht so viel zerstört.«

»Jo.« Johns Augen verengten sich. Er schien Angst zu haben. Vermutlich bereute er den nächtlichen Ausflug.

Es war kurz nach Mitternacht, als er endlich auf Stanleys

Hof fuhr. Stanley hatte den Transporter bereits direkt in der Scheune geparkt, als David draußen hielt. Er hatte John, der nur eine Straße weiter wohnte, direkt nach Hause gefahren.

»Danke, Stanley. Wir kommen morgen früh nach dem Frühstück vorbei und misten dann aus. Alles muss nun wirklich nicht eingelagert werden.«

Barbara packte ihren Sohn erbost am Arm. »Hier wird nichts ausgemistet. Das brauche ich alles noch.«

»Mama! Das …«

»Das müssen wir nicht jetzt besprechen«, unterbrach Stanley. Er sah seinem Freund an, dass dessen Geduld am Ende war. Die Angst vor dem Unwetter saß ihnen allen in den Knochen.

»Barbara, ich denke, du schläfst heute Nacht bei mir, Martha und den Kindern. In Davids Wohnung ist es zu eng für euch beide. Bei uns hast du ein eigenes Zimmer.«

Barbara musterte ihren Sohn. »Du willst mich gar nicht bei dir haben, stimmt's?«

»Herrgott im Himmel! Mama, und gleich behauptest du noch, dass ich den Sturm herbeigerufen habe …« David schüttelte den Kopf und spannte seine Hände zu Fäusten. Ohne ein weiteres Wort stieg er in sein Auto und fuhr mit viel zu hohem Tempo vom Hof.

Fünfzehn Minuten später schrieb er Stanley eine WhatsApp: »Danke, dass du Mama zu dir genommen hast. Das war heute Abend einfach zu viel.«

»Du weißt doch, ich liebe deine Mum. Und ich will nicht, dass du zum Mörder wirst.«

»Bring mich nicht auf dumme Gedanken!« David lachte.

Vielleicht sollte er tatsächlich in seinem nächsten Thriller seine Mutter zum Opfer werden lassen.

2

Bevor David morgens zu Stanley fuhr, telefonierte er mit einem Nachbarn seiner Mutter. Glücklicherweise war bis auf Barbaras Haus kein weiteres zu Schaden gekommen. Bäume waren entwurzelt, einige Autos unter ihnen begraben, aber ansonsten war nichts weiter passiert. Zwei weitere Bäume waren auf das Haus von Barbara gestürzt und hatten dabei eine Hauswand eingerissen. David nahm es mit einem Schulterzucken hin. Das alte Haus war seit jeher eine Bruchbude gewesen und er war sogar froh darüber, dass die Natur seiner Mutter dies nun klargemacht hatte. Es würde schwer für sie sein, das war ihm klar, aber nun würde sie bestimmt ihre Renovierungspläne aufgeben.

»Guten Morgen zusammen.« David betrat die Küche des Bauernhauses. Seine Mutter erzählte Stanleys Kindern gerade, wie der Wind durch ihr Haus gefahren war und dass sie Angst hatte.

»Ach, guten Morgen, mein Junge. Mabel und Poppy sagten gerade, dass du so mutig warst, auf den Dachboden zu steigen.« Barbara tätschelte ihrem Sohn den Arm, als er sich neben ihr niederließ.

»Ich glaube, noch mutiger wäre ich gewesen, wenn ich es nicht getan hätte.«

Stanley lachte. »Ja, das hätte ich mich auch nicht getraut.«

Die Zwillinge wollten wissen, was sie damit meinten.

»Ich glaube, euer Vater will damit andeuten, dass ich David hinaufgeprügelt hätte, wenn er nicht von allein hinaufgegangen wäre.«

Mabel und Poppy rissen die Augen weit auf.

»Hättest du das gemacht?«

»Aber das ist doch nicht richtig! Dad sagt immer, dass Gewalt keine Lösung ist!« sagte Mabel.

»Und damit hat er auch recht«, antwortete Barbara. David bemerkte ihren Blick und konnte sich denken, dass sie in Gedanken hinzufügte, dass sie es aber trotzdem getan hätte.

3

Nach dem Frühstück schlug David vor, dass Barbara mit den Kindern spazieren gehen sollte, während er Stanley im Haushalt unter die Arme griff. Samstags fuhr Martha, Stanleys Frau, bereits vor dem Frühstück immer zu ihrem Vater ins Pflegeheim ins zwei Stunden entfernte London und kam erst spät zurück. Stanley war also an diesem Tag für alles im Haus zuständig.

Mabel und Poppy waren begeistert, sie wollten Barbara ihren Lieblingsplatz im nahegelegenen Wald zeigen. Barbara stimmte zu. Allerdings blickte sie David eindringlich an. Wenn nicht die Mädchen anwesend gewesen wären, hätte sie ihm sicherlich auch noch mit scharfen Worten dazu angehalten, nicht ohne ihr Einverständnis aus den Kisten etwas wegzuschmeißen.

»Dann bin ich jetzt mal gespannt, was meine Mutter alles so in den ganzen Kartons aufbewahrt«, sagte David, nachdem die Männer innerhalb einer Stunde das Haus aufgeräumt und gesäubert hatten.

»Sie wird es lieben, dass du darin rumwühlst.« Stanleys Grinsen reichte von einem Ohr zum anderen. Er wies zur Haustür. »Nach dir.«

In der Scheune machten die Männer sich daran, die Kartons aus dem kleinen Transporter herauszuholen und in Stanleys Büroraum zu bringen.

»Hinter der Tür ist genug Platz für die zehn Kartons. Da fallen sie nicht auf und stören mich auch nicht. Und Kundschaft kommt hier eh nicht herein.«

»Danke, Stan. Ich hätte keinen Platz dafür in meinem kleinen Minikeller. Mehr als mein Fahrrad passt da kaum rein.«

»Ist doch klar. Ob es nun deine oder die Sachen deiner Mom sind, bei uns findet alles einen Platz.«

»Warte! Noch nicht aufeinanderstapeln, ich will wissen, was drin ist.«

»Du witterst wohl geschichtsträchtige Inhalte, wie?« Stanley spielte auf Davids Wunsch an, einen Roman zu schreiben, der ihn endlich auf die Bestsellerliste bringen würde.

»Ich glaube, dafür suchen wir in den Kartons der falschen Frau. Was soll meine Mutter schon auf ihrem Dachboden lagern, das für einen Bestseller geeignet ist?«

In einem Karton waren die Klamotten und privaten Dinge drin, die Barbara am Vorabend in aller Eile zusammengesucht hatte. David nahm einen dicken schwarzen Stift von Stanleys Schreibtisch und schrieb in großen Buchstaben PRIVAT auf die Außenseite. Im nächsten Karton mit der Aufschrift VORSICHT! ZERBRECHLICH! befand sich altes, sehr filigranes

Porzellangeschirr. Stanley stieß einen Pfiff aus, als er eine der Tassen aus der Zeitung holte, die zum Schutz um jedes einzelne Stück gewickelt war.

»Das ist ja richtig alt. Ich würde schätzen, so achtzig Jahre hat es auf dem Buckel.« Er platzierte die Tasse vorsichtig auf dem Schreibtisch, ging in die Hocke und betrachtete sie genauer.

David lachte. »Bist du nun unter die Antiquitätenliebhaber gegangen? Ist es wertvoll?«

»Also für deine Mutter scheint es jedenfalls einen ideellen Wert zu haben, wenn sie das Geschirr aufbewahrt. Weißt du, wo sie es her hat? Und nein, das war gerade nur ein Scherz. Ich habe keine Ahnung davon. Sonst wüsstest du es vermutlich.«

»Ganz ehrlich, ich habe das noch nie gesehen. Benutzt haben wir es jedenfalls nie. Und auf dem Dachboden bin ich nie gewesen. Die Luke war immer abgesperrt. Und auch wenn ich zugeben muss, als Kind das ein oder andere Mal danach gesucht zu haben, als meine Eltern nicht zu Hause waren, ich habe den Schlüssel nie gefunden.«

Während Stanley ein Geschirrstück nach dem anderen auspackte und bewunderte, wand sich David dem nächsten Karton zu. Haufenweise Fotoalben mit Bildern aus seiner Kindheit und viele älteren Jahrgangs. Er stempelte den Karton als uninteressant ab. Bevor er ihn hinter der Tür verfrachtete, schrieb er FOTOALBEN drauf.

Der Karton mit der Aufschrift WEIHNACHTEN beinhaltete unzählige Weihnachtsdekoration. Ein Kloß im Hals machte sich bei David bemerkbar. Schnell klappte er den

Karton wieder zusammen. Bis jetzt war er sich sicher gewesen, dass es ihm nichts ausmachte, dass das Haus an der See nun endgültig Geschichte war. Aber Weihnachten nicht mehr in den abgewetzten und durchgesessenen Sesseln vor dem schönen Kaminfeuer zu sitzen, mit seiner Mutter Geschenke austauschen und dabei hin und wieder hinaus auf die See zu blicken, in der Hoffnung, dass sein Vater die Schiffsreise vor zehn Jahren doch überlebt habe und nach Hause zurückkehre – das alles starb in diesem Augenblick. David atmete laut aus.

»Alles okay?«

»Ja. Mir war gerade nur für einen Moment schwindelig. Ich geh mal eben einen Schluck trinken.« David ignorierte, dass Stanley auf die Wasserflasche auf dem Regal wies.

Als er zwanzig Minuten später wiederkam, stellte er zwei Tassen Kaffee auf den Schreibtisch. Das Porzellan stand fein säuberlich in Reih und Glied auf einem ehemals leeren Regal.

»Für dich, Stan. Wie immer mehr Milch als Kaffee.«

Stanley antwortete mit einem Brummen. David warf einen Blick auf den Karton, den Stanley in der Zwischenzeit geöffnet hatte. Lauter alte Dokumente seines Vaters lagen darin und anscheinend befand sich auch eine Holzkiste darin, die Stanley nun auf seinen Schoß platziert hatte. In seiner Hand hielt er alte Zeitungsausschnitte und ein paar Fotos.

»Was ist das?« Er nahm seinem Freund einen Zeitungartikel aus der Hand.

»Warum auch immer deine Mutter diese Kiste aufbewahrt und ich nicht lesen kann, was in den Artikeln steht, aber ich glaube, ich habe gerade den Inhalt für deinen Bestseller gefunden.«

3

Deutschland, Büsum, 30. August 2022

1

Normalerweise lenkte sie der Anblick des Meeres immer von ihren Gedanken ab. Egal ob schönster Sonnenschein und spiegelglatte See oder so wie jetzt, stürmisches, hoch ans Ufer schlagende Wasser. Normalerweise blickte sie in die unendliche Weite und übergab ihre oft dunklen Gedanken dem Meer. Es übernahm sie wie Vorgekautes und schlang sie mit einem Happs in die Tiefe.

Andere schworen auf Tagebuch schreiben oder Therapien. Das Meer war ihr Therapeut. Sie verstanden sich blind. Immer wenn sie an ihrem Lieblingsstrandabschnitt, abseits der Touristen, stand oder saß, wurde sie ruhig. Ihre Atmung wurde so flach, wie es ihr Ausbilder immer von ihr wollte. Maximal fünf Atemzüge. Nirgends erreichte sie diesen Zustand, von dem sie wusste, dass es keine gesündere Atmung gab. Einige Male war sie mit ihren Klienten hier an den Strand gegangen und auch ihnen war es hier am besten gelungen.

Aber an diesem einen Tag war alles anders. Nicht dass er sowieso als jährlicher Tag des Grauens für sie galt, nein, es setzten sich noch zwei Komponenten obendrauf. Eine, die leider zu erwarten war, und eine, die sie mehr denn je in ein riesiges Loch zog.

Es war der dreißigste Jahrestag.

Und dann war da diese Nachricht …

Wie jedes Jahr an diesem Tag nahm sie sich frei und wollte mit sich und dem Meer allein sein. Den ganzen Tag verbrachte sie am Deich. Sonne, Regen, Sturmböen – welches Wetter auch immer, es war ihr egal. Und selbst wenn es plötzlich geschneit hätte, es hätte sie nicht gestört. Hauptsache draußen und am Meer. Selbst wenn sie zur Toilette musste, nahm sie es auf sich, den weiteren Weg zum Campingplatz zu gehen, obwohl ihr Haus direkt hinterm Deich lag.

Sie liebte und hasste dieses Haus zugleich. Es stand genau dort, wo sie leben wollte, aber die familiäre Bindung zum Haus hätte nicht sein müssen. Das war der Grund, warum sie an dem Jahrestag von morgens bis abends draußen sein wollte.

Ihre beste Freundin und die einzige Person in ihrem Leben, die von allem wusste, hatte vor Jahren aufgehört, sie umzusiedeln. Auch wenn sie an diesem verfluchten Tag im Jahr eigentlich nicht zu Hause sein wollte, wollte sie auch nirgendwo anders sein, und ausziehen würde sie erst, wenn sie ein anderes Haus in Strandnähe fände.

Bereits als Kind fühlte sie sich hier wohl und es gab nur eine Person, wegen der sie das Haus umgehend aufgeben und bis ans Ende der Welt ziehen würde. Egal wohin. Nur für diese eine Person …

Ihr Gesicht war nass. Ein Gemisch aus Tränen und der Gischt. Sie saß mit angezogenen Beinen, die sie festumklammert hielt, auf der Bank oben am Deich. Der Sturm brauste das Meer so stark auf, dass sie nur das Rauschen hörte. Ihr eigenes Weinen ging darin unter.

So ein beschissener Tag!

Warum nur war es passiert? Jeden einzelnen Tag stellte sie sich diese Frage.

Warum? Und vor allem – warum hat es nicht sie selbst getroffen?

2

Als Linda abends in das Haus zurückkehrte, war es ihr plötzlich zu klein. Als wäre zwischenzeitlich jemand dort gewesen, der zusätzliche Wände eingezogen hätte. Sie wollte wieder raus. So wie die Tränen, die ihr schon wieder übers Gesicht liefen. Sie bekam sich nicht unter Kontrolle.

Der Laptop stand noch aufgeklappt auf dem Wohnzimmertisch, so wie sie ihn am Morgen zurückgelassen hatte.

Langsam näherte sie sich dem Gerät und drücke den Einschaltknopf. Anscheinend hatte sie den Laptop nicht ausgeschaltet – sie erinnerte sich nicht mehr –, denn nach wenigen Sekunden erschien das Fenster des Grauens auf dem Bildschirm. Das Betriebssystem hatte sich in den Ruhemodus geschaltet. Auf dem Facebook-Messenger prangte die Nachricht:

Liebe Linda,

mein Name ist David und ich bin Autor. Ich bin durch Zufall auf einen sehr alten Vorfall gestoßen, der mich äußerst interessiert. Gerne würde ich daraus eine Geschichte machen, dich fragen, ob das in Ordnung wäre und natürlich auch wissen, ob es möglich sei, dass ich dich zu all dem befrage.

Ich hoffe, du bist überhaupt die richtige Linda. Hattest du eine

Schwester mit dem Namen Lotte?
Viele Grüße
David

Linda fuhr herum und blickte zur Wohnzimmertür. War da nicht gerade jemand gewesen? Sie hatte doch ein lautes Atmen gehört. Es dauerte einen Augenblick, bis sie realisierte, dass sie es selbst gewesen war.

Sie war versucht, die Nachricht einfach zu löschen. Oder ihm zu schreiben, dass er sich täusche. Dass sie keine Schwester habe. Manch böse Zungen behaupteten dies tatsächlich. Es sei doch ganz klar, dass man nur eine Schwester hat, wenn diese lebendig ist. Und Lotte sei bestimmt längst tot. Einem Triebtäter zum Opfer gefallen. Wie sehr Linda diese Menschen hasste.

Was sollte sie nur machen? Kira würde ihr weiterhelfen können. Wie immer. Linda wollte schon wieder auflegen, als ihre beste Freundin doch noch ans Telefon ging.

»Linda, was ist passiert?« Es war noch nie vorgekommen, dass Kira sie so begrüßte, aber Linda hatte sie auch noch nie am Jahrestag angerufen. Noch nie in den ganzen fünfundzwanzig Jahren ihrer Freundschaft.

»Kannst du vorbeikommen?«

»Ich bin gleich bei dir.« Kira legte auf.

3

Es dauerte keine zehn Minuten, bis es an der Tür klopfte.

»Danke, dass du so schnell gekommen bist«, sagte Linda und fiel Kira in die Arme.

Kira hielt sie zuerst fest umarmt und wischte ihr dann, wie bei einem Kleinkind, die Tränen aus dem Gesicht. »Natürlich, Süße! Du bist ja total aufgelöst. Was ist denn?«

Ohne Erklärungen zog Linda sie auf die Couch und wies auf den Laptop.

Kira las und klickte anschließend auf das Profil von diesem David. »Ich wette, du hast ihn dir noch nicht weiter angeguckt, oder?«

Linda schüttelte den Kopf. Daran hatte sie nicht eine Sekunde gedacht.

»David Schütz aus Wivenhoe, Essex. Klingt komisch. So ein deutscher Name und dann Großbritannien. Ist bestimmt ein Spamer.«

»Aber woher sollte er das mit Lotte wissen? Also, dass ich die Schwester bin. Seit über zwanzig Jahren ist nicht mehr in der Sache ermittelt worden und mein Name wurde aus der Öffentlichkeit rausgehalten.«

»Das mag zwar sein, aber schau mal. Der hat das Profil erst gestern angelegt.« Kopfschüttelnd kehrte sie zum Messenger zurück und las die Nachricht erneut. Dann öffnete sie die Seite eines Onlineshops für Bücher und suchte nach seinem Namen.

»Vielleicht sind seine Bücher nicht auf Deutsch erschienen«, sagte Linda.

Normalerweise war sie die Skeptischere von beiden, aber dieses Mal übernahm Kira die Rolle. Auf ihrer Stirn hatten sich Falten gebildet. »Dann suchen wir halt auf einer englischen Seite, beziehungsweise Google müsste ja auch was ausspucken.«

Wenige Sekunden später gab Kira klein bei. Es gab einige Treffer zu einem Buch von David Schütz.

»*When the night cries*. Okay, er hat ein Buch veröffentlicht. Scheint ein Krimi zu sein. Aber das könnte trotzdem ein Fremder sein, der einfach seinen Namen genommen und dich angeschrieben hat.«

Noch einmal gab Linda zu bedenken, dass ihr Name nie genannt wurde. Dass das 1992 verschwundene Mädchen aus dem kleinen Ort Vorderhöfen in der Eifel eine Schwester hatte, war bekannt. Sie bezweifelte, dass sich noch irgendwer an sie erinnerte.

Kira sprach komplett gegen alles, was Linda sagte. Linda verschränkte die Arme vor ihrem Körper. So hatte sie Kira noch nie erlebt.

»Was ist denn, wenn es der Entführer von damals ist, der sich nun auch dich holen will?«

»Wie kommst du denn auf diesen Blödsinn? Das ist dreißig Jahre her!«

»Oder ein Bekannter vom Täter, der eingeweiht war? Oder einer deiner alten Klassenkameraden von früher aus Vorderhöfen. Vielleicht der Sohn vom Entführer?« Kiras Stimme wurde immer schneller und die Augen größer.

»Einen David Schütz kenne ich nicht. Mir sagt der Name nichts. Den gab es nicht in unserer Grundschule.« Um sich abzusichern, rief Linda die Website der Grundschule auf. Vor wenigen Wochen hatte sie aus Neugierde danach gesucht und herausgefunden, dass alle Klassenfotos seit 1985 dort hochgeladen waren. Schnell klickte sie sich durch die Fotos. Natürlich waren ein paar Davids unter ihnen, aber keiner mit dem Nachnamen Schütz und auch niemand, der dem Mann auf dem Facebookprofil ähnelte.

»Ich finde, dass die Erklärung mit dem Namensklau immer plausibler wird.« Kira stand auf, lief zur Gartentür, öffnete sie und schloss sie mit Nachdruck, nachdem sie draußen einen Blick um die Hausecke geworfen hatte.

»Himmel! Kira, was ist denn mit dir los? Hörst du zu viel True Crime Podcasts, oder was soll das? Selbst wenn der Kerl, der mir schreibt, ein Verrückter ist, so weiß er nicht, wo ich wohne.«

Das könne man nie wissen, gab Kira zu bedenken. Ihre Augen waren starr auf Linda gerichtet, der es nun zu bunt wurde. Sie hatte sich Hilfe von ihrer Freundin erhofft und nun tat sie so, als sei ein Mörder hinter ihr her. Tatsächlich gab es in der Vergangenheit nur sehr wenige Momente, in denen Linda Kira nicht zustimmte, aber diese Situation war eine von ihnen.

Kira setzte sich wieder neben Linda und legte sich eine Hand auf den Mund.

»Du denkst echt, dass das ein Fake ist, oder?«, fragte Linda.

Kira nickte.

»Okay, weißt du was? Wir finden es jetzt heraus.«

»Was hast du vor?«

»Ich antworte ihm und dann werden wir sehen, was passiert.«

Fest entschlossen stellte Linda den Laptop auf ihren Schoß und tippte eine Antwort.

Woher wissen Sie, wenn Sie wirklich in England leben sollten, von dem Fall? Und woher wollen Sie den Namen der Schwester von der Lotte wissen? Der ist nie genannt worden.

Bevor Kira etwas einwenden konnte, drückte Linda die Entertaste und schickte die Nachricht auf die Reise. Ein Wunder war geschehen. Normalerweise las sie jede Nachricht, die sie verschickte, vorher noch mindestens zweimal durch.

Kira klatschte in die Hände. »Wunderbar! Es hat funktioniert.«

»Bitte was?« Es vergingen einige Sekunden, in denen Linda in Kiras triumphierendes Gesicht sah. Die Grübchen, die sich bei ihr bildeten, wenn sie lächelte, schienen deutlicher als sonst. Der Groschen fiel. Wenn auch unfassbar langsam. Kira hatte Linda genau zu dieser Reaktion bringen wollen. Das war ihr gelungen. Und noch etwas passierte zum ersten Mal seit dreißig Jahren an diesem Tag. Linda lachte. So sehr, dass sie heulen musste. Kira kannte sie wirklich in- und auswendig. Die einzigen Momente, in denen die beiden nicht einer Meinung waren, waren die, wenn es um Lotte ging. Immer redete Linda gegen Kira an. Und dieses Mal nutzte Kira genau das gegen sie. Einfach nur, um Linda dazu zu bewegen, was sie in dieser Situation als sinnvoll ansah.

»Mir tut mein Bauch vor Lachen weh. Aber das hat echt gut getan«, sagte Kira, immer noch lachend.

Linda japste noch zu sehr nach Luft, um ihr zustimmen zu können. Dafür ergriff sie einfach die Hand ihrer Freundin. Schlagartig änderte sich ihre Gefühlslage und die Tränen, die nun liefen, hatten mit dem Lachen nichts mehr zu tun. »Danke, Kira. Ich danke dir, dass du hier bist. Du kannst dir nicht vorstellen, wie viel mir das bedeutet. Obwohl ich dich immer anschnauze, wenn du etwas über Lotte sagst, hörst du es dir immer wieder an. Danke. Und das hier war ein guter Schachzug.«

Kira drückte sie fest an sich. Gerade als sie etwas sagen wollte, ertönte das Signal, dass bei Facebook eine Nachricht eingegangen ist. Gleichzeitig sahen sie auf den Bildschirm. David Schütz hatte geantwortet.

4

Deutschland, in der Eifel, 30. August 1992

»Vier, fünf, sechs.« Während Linda zu zählen begann, rannte Lotte die Einfahrt hinauf zur Straße und durch den Garten an der offenen Haustür vorbei. Dann stoppte sie und lief zurück. Der Duft von frischem Kuchen zog sie magisch an. Marmorkuchen. Den mochte sie am liebsten. Sie lief in die Küche, wo ihre Mutter gerade Geschirr abspülte.

»Lotte, du hast wohl den Kuchen gerochen und gedacht, du könntest dir ein Stück stibitzen.«

»Nein, das wollte ich nicht. Ich weiß ja, dass du mir ein Stück gibst«, sagte sie und reckte vorwitzig ihr Kinn vor. »Ich hätte gern das Randstück. Für Linda nehme ich aber nichts mit.«

»Weshalb das denn nicht?« Ihre Mutter drehte sich zu Lotte um. Aus der Schublade neben dem Ofen holte sie ein scharfes Messer. »Habt ihr euch gestritten?«

Lotte schüttelte den Kopf, sodass ihr Zopf wild umherflog. »Wir spielen Verstecken. Und Linda braucht immer sehr lange, bis sie mich gefunden hat.«

»Ah, du willst also sagen, du würdest ihr Stück aufessen, wenn du ihr eines mitnehmen würdest.«

Lotte nickte und beide lachten sich an. Obwohl Lotte den Kuchen liebte, wusste sie, dass sie als Leichtathletin nicht so viel Ungesundes essen sollte. »Wer viel Süßes isst, wird nur dick und lahm«, sagte Frau Tamler, ihre Trainerin, immer.

»Ich geh wieder raus und versteck mich.« Sie nahm sich das Randstück des Kuchens und hielt es sich erst unter die Nase und sog den warmen Duft ein, dann biss sie einmal ab. Sie ignorierte, dass Krümel auf den Boden fielen, und rannte wieder hinaus, noch ehe ihre Mutter schimpfen konnte.

Draußen blickte sie vorsichtig um die Hausecke, zur Rückseite des Hauses. Linda war nicht zu sehen. Sicherlich war sie schon fertig mit dem Zählen. Langsam schlich sie am Haus entlang. Die Hintertür, die in die Garage führte, die auch mit dem Keller verbunden war, war verschlossen.

»Mist«, flüsterte sie. Gedacht hatte sie es sich bereits, aber manchmal ließ Papa die Tür auf, wenn er im Keller rumwerkelte.

Sie hörte, wie ihre Schwester über den gepflasterten Weg rannte, der zwischen dem Haus und der Wiese entlang führte. Direkt in ihre Richtung. Vermutlich würde sie zuerst in der Hütte auf der Wiese suchen, weil Lotte so doof gewesen war und sich die letzten Male bei dem Spiel immer dort versteckt hatte. Wenn Linda jedoch zuerst einen Blick um die Hausecke warf, würde sie sie sofort entdeckten. Sie schob sich das letzte Stückchen vom Kuchen in den Mund, rannte schnell wie ein Wiesel über die Wiese und versteckte sich hinter einem Haselnussbusch. Von dort konnte sie ihre Schwester sehen. Linda hinkte. Der verflixte Fuß war wohl wirklich noch nicht in Ordnung. Das würde Lotte definitiv zugutekommen. Selbst wenn ihre Schwester sie jetzt sehen würde, könnte sie schnell irgendwo anders sein und sich noch verstecken.

Lotte trat hinter dem Busch hervor und lief auf Zehenspitzen über den Kiesweg an der kleinen Scheune vorbei, in der sich Pferde befinden würden, wenn es nach den Mädchen ginge. Ein Blick um die Ecke verriet ihr, dass sie recht hatte. Linda war fast bei der Hütte angekommen.

Auf der Treppe, die rückseitig der Garagen hinauf auf den Balkon führte, sah sie noch einmal hinunter zur Wiese. Ihre Schwester schrie gerade vor Schreck auf, weil die Tür der Hütte in sich zerfiel. Lottes erster Impuls war, zu Linda zu rennen, um sie zu beruhigen. Aber dann hätte sie direkt die erste Runde verloren. Die Balkontür war glücklicherweise offen, so dass sie das Wohnzimmer betreten konnte. Ihre Mutter war nicht zu sehen. Der Kuchen stand allein auf dem Küchentisch. Wenn er reden könnte, würde er bestimmt Lottes Namen rufen und sie anflehen, von ihr gegessen zu werden, dachte das Mädchen. Sie grinste bei dem Gedanken an einen sprechenden Kuchen. Sie schnupperte noch einmal daran, aber riss sich zusammen, kein weiteres Stück zu nehmen. Linda würde nachher bestimmt zwei Stücke essen. Seit ihrem Unfall beim Weitsprung vor einigen Wochen achtete sie nämlich nicht mehr so sehr auf ihre Ernährung. »Das mache ich erst wieder, wenn ich wieder mitlaufen kann«, sagte sie immer.

Lotte lief wieder zur Haustür. An der Garderobe hing Mamas bunter Schal. Nur einmal umlegen, dachte sie sich. Mama war im oberen Geschoss und saugte.

Schnell legte sich Lotte den Schal um und streckte sich, um sich im Spiegel zu bewundern. »Mist, ich bin immer noch zu klein. Der ist einfach zu hoch.«

Anstatt Mamas geliebten Schal wieder zurückzuhängen, trat sie aus der Tür. Dann blieb sie stehen. Die Kellertür quietschte. Papa hörte sie unten nie. Das wusste Lotte genau.

Mama musste immer mächtig laut rufen, wenn er hochkommen sollte. Er behauptete dann immer, dass er die Tür mal wieder nicht gehört habe, wenn er in seinem Raum war.

Und da Mama den Staubsauger anhat, hört sie mich auch nicht, dachte Lotte.

Langsam, um so wenig Geräusche wie möglich von sich zu geben, öffnete Lotte die Tür zum Keller und schloss sie direkt wieder, als sie auf der obersten Stufe stand. Jetzt stand sie in der Dunkelheit.

5

Deutschland, in der Eifel, 5. September 2022

1

Noch vor einer Woche war sich Linda sicher gewesen, nie wieder hierher zurückzukehren, an den Ort, der ihr Leben aus den Angeln gerissen hatte.

Vor knapp zwanzig Minuten war sie von der A1 Richtung Gerolstein abgefahren und folgte nun einer Hauptverkehrsstraße, die nach zwei Kilometern an einer Kreuzung endete. Das Straßenschild gegenüber zeigte nur nach rechts Richtung Vordenhöfen. Die Straße nach links war mit einem Durchfahrtverboten-Schild gekennzeichnet. Dahinter stand ein altes, verwittertes Straßenschild, auf dem man die Buchstaben nur noch erahnen konnte. Ro e Mo te h W g.

Linda starrte das Straßenschild an.

»Und ich löse. Roter-Moorteich-Weg«, sagte sie leise vor sich hin. Obwohl kein Auto hinter ihr war, setzte sie den Blinker und bog links ab. Die Straße war nach nur wenigen Metern einem Feldweg gewichen, der in einen tiefen Wald führte.

Wenn sie nicht genau gewusst hätte, wohin der Weg führt, wäre sie niemals hier entlang gefahren.

Der Wald bestand zur linken Seite des Weges aus Tannen und Fichten, während sich auf der rechten Seite Buchen, Birken und Eichen die Äste reichten. Schon in wenigen Wochen würden die Blätter in ihrem Herbstfarben leuchten.

Mit jedem weiterem Meter verstärkte sich das kribbelige Gefühl in Lindas Bauch. Auf dem Weg wuchs das Gras so hoch, dass sie sich sicher sein konnte, dass hier schon seit einiger Zeit niemand mehr mit einem Auto entlang gefahren war. Also würde sie höchstens auf Spaziergänger treffen.

Nach ungefähr einem halben Kilometer erreichte sie eine Lichtung und hielt kurz an. Vor ihr stand ein Haus, dessen Fenster kaum zu sehen waren, so sehr war es mit Efeu zugewachsen. Wie ein Haus im Tiefschlaf. Es war ein »Lost Place«, wie es heutzutage auf Neudeutsch hieß.

Es war in einen Hang gebaut worden und die Zufahrt hinab zu den zwei Garagen war geteert.

Sie war endlich angekommen.

Linda wischte sich die Tränen aus dem Gesicht. »Puh. Was für ein Anblick. Was habe ich mir hier nur vorgenommen?«

Linda parkte ihren Corsa vor der rechten Garage. Früher hatte hier immer das Auto ihrer Eltern gehalten. Dann war Mama ausgestiegen, hatte das Garagentor geöffnet, und Papa war in die Garage gefahren.

Wie viele Jahre es wohl her war, dass ein Auto hier geparkt hatte?

Ihre Beine waren schwer von der langen Fahrt. Sie hatte sich nur eine Pause erlaubt und das auch erst nach über der Hälfte der Strecke, sonst wäre sie wohl doch wieder umgekehrt. Nach ein paar Dehnübungen lief sie langsam den Hang hinauf und betrat den verwilderten Vorgarten. Die alten Gehplatten, die den Weg zur Haustür wiesen, waren kaum zu sehen. Bei der Tür handelte es sich um eine Glastür, die allerdings so dreckig war, dass niemand mehr einen Blick hindurch werfen konnte. Wie unheimlich sie diese Tür als Kind empfunden hatte. Sie war immer froh gewesen, dass das Kinderzimmer und die Toilette im oberen Teil des Hauses waren und sie nicht extra die Treppen hinabsteigen musste, die direkt den Blick auf die Tür freigab. Die Schatten der Bäume, die nachts durch das Mondlicht entstanden, ließen Zwerge und allerlei böse Fantasien erblühen.

Wie waren ihre Großeltern damals nur auf die Idee gekommen, eine Tür aus Glas einzubauen? Sollte sie sich doch eines Tages entscheiden, das Haus wieder herzurichten, würde sie sie austauschen.

»Wo habe ich denn jetzt den Schlüssel?« Sie fand ihn in ihrer Jackentasche. Die Tür ließ sich überraschend leicht öffnen.

Durch einen kleinen Flur betrat sie die großräumige Küche, die nur durch eine halbhohe Wand vom Wohnzimmer getrennt war.

Früher waren die Gläser im oberen linken Hängeschrank über der Spüle, daran erinnerte sich Linda sofort, als sie die alten Küchenmöbel begutachtete. Ihr Großvater hatte vor fast fünfundvierzig Jahren alles selbst gebaut und aufgestellt.

»Opa, es ist alles noch hier …«, flüsterte sie. »Nur alles sehr eingestaubt.«

Als sie den Wasserhahn öffnete, ertönte lediglich ein quietschendes Geräusch. Sie ging in die Hocke und blickte unter das Waschbecken. Es war nirgends ein Hahn für die Wasserzufuhr zu entdecken. Sie würde ihn schon finden. Spätestens im Keller …

Ein Schauer lief über ihren Rücken. Der Keller mit seinen unheimlichen Ecken und dem kleinen Bächlein, wie sie ihn damals genannt hatte. Mama wollte immer, dass sie aus dem Bereich des Kellers wegblieben. Lediglich in die Waschküche, die direkt über die linke Garage zugänglich war, durften sie. Die Treppe, die vom Wohnraum in den Keller führte, sollten die Schwestern nie benutzen, weil sie zu steil war. Mama hatte Opa dafür oft verflucht. »Wie kann man nur eine so steile Treppe bauen! Er wusste doch genau, dass wir Kinder haben wollen.«

Linda lief durch das gesamte Haus. In jedem Zimmer verharrte sie kurz. Wie viele Erinnerungen plötzlich auftauchten. In der Küche tauchten Bilder vom Plätzchenbacken mit Mama auf. Im Wohnzimmer sah sie im Geiste einen großen Weihnachtsbaum mit vielen bunten Lichtern vor der Balkontür stehen. Der alte Esszimmertisch, auf dem heute eine Staubschicht lag, war damals immer liebevoll gedeckt gewesen. Im Sommer standen oft kleine Vasen mit Gänseblümchen auf ihm, die Linda und Lotte für ihre Mutter gepflückt hatten. Es war, als wäre sie in einer Zeitkapsel, die im Zeitraffer ihre Vergangenheit in diesem Haus abspielte. Manche Erinnerungen trieben ihr Tränen in die Augen, bei anderen musste sie auflachen. Es fühlte sich nicht richtig an, hier zu lachen. Immerhin waren auch ihre Eltern hier ausgezogen, weil sich hier die Tragödie, wie es in der Zeitung hieß, ereignet hatte.

Im Obergeschoss stand Linda vor der einzigen verschlossenen Tür. Komisch. Alle Türen im Haus standen offen, selbst die hinunter in den Keller. Sie hatte der Tür einen Tritt versetzt, weil sich die Ängste von früher zeigten. Grummeln im Bauch und das Bedürfnis, sich die Augen zuzuhalten.

Die Scharniere der Kinderzimmertür quietschten, als Linda sie öffnete. Die dicke Luft in dem Raum erschlug sie fast.

Als würde das Haus nicht wollen, dass ich das Zimmer betrete, dachte sie. Ihr wurde übel und kalt. Die Tränen vernebelten ihre Sicht. Vorsichtig trat sie ein. Dann endlich brach es richtig aus ihr heraus. Der Schmerz, den sie seit dreißig Jahren mit sich schleppte, überwältigte sie. Sie fiel auf die Knie, weinte und schrie. Schrie nach ihrer Schwester.

»Lotte! Lotte, wo bist du nur geblieben? Verdammt noch mal! Warum hast du das getan?«

2

Später konnte Linda nicht sagen, wie lange sie dort gesessen und geweint hatte. Aber spielte das hier überhaupt eine Rolle? Es gab niemanden, der auf sie wartete, und Zeit war relativ. Ein Konstrukt der Menschen, das an manchen Orten in sich zerfiel und ihre ach so wertvolle Bedeutung verlor.

Sie war wieder ins Erdgeschoss gegangen, um sich noch den Zustand des alten Betts ihrer Eltern anzusehen. Vielleicht könnte sie in ihrem Schlafsack darin liegen. Aber ihre winzige Hoffnung zerfiel wie das Bett selbst. Der Raum, der sich mit einem Bad in einem Anbau befand, war von Feuchtigkeit und Schimmel durchzogen.

»Sperrzone«, sagte Linda, als sie die Verbindungstür zwischen dem Flur und dem Anbau schloss. Die Couch war ihr zu schmal. Zu oft war es ihr schon passiert, dass sie durch zu viel Bewegung aus ihrem breiten Bett zu Hause gefallen war, das würde hier somit noch eher passieren. Zuerst wollte sie ihr Nachtlager trotzdem im Wohnzimmer aufbauen, entschied sich dann aber doch für ihr altes Kinderzimmer. Sie legte die Isomatte und den Schlafsack – beides hatte Kira ihr mitgegeben – in die Ecke unter der Dachschräge, sodass sie in der Nacht keinen direkten Blick aus dem Fenster hatte. Schon seltsam, wie die Ängste der Kindheit sofort wieder präsent waren. Dort, wo sie in den nächsten Nächten liegen wollte, war Lottes Bett gewesen, und ihres hatte, durch ein Regal getrennt, ebenfalls unter der Schräge gestanden. Wenn sie nachts aufgewacht war, hatte sie freien Blick auf das Fenster und sah die unheimlichen Schatten durch das Rollo. Tagsüber war der alte Pflaumenbaum hinterm Haus wunderbar anzusehen und ihr Freund. Aber nachts im Licht des Mondes streckte er seine Arme zu nah an das Fenster heran, und entführte das kleine Mädchen in das Reich unheimlicher Fantasien.

Als sie an die Nordsee gezogen war, lernte Linda schnell, dass der Mond auch mit dem Meer unheimliche Dinge anstellte. Es gelang ihm, Ebbe und Flut hervorzurufen, und manchmal gab es richtige Sturmfluten, die in der Vergangenheit das ein oder andere Opfer zu verantworten hatte. Heute gab es zwar immer noch Sturmfluten, aber durch die Erhöhungen der Deiche schützen diese das Land dahinter besser als vor Jahrzehnten. Erst als Linda älter wurde, fing sie an, den Mond als ein Wunder der Galaxie zu betrachten, und die Angst wich. Aber in diesem alten Haus tanzten die Geister der Vergangenheit in jeder Ecke. Vor allem in diesem Zimmer. Es war ein merkwürdiges Gefühl.

Linda trat ans Fenster. Hoffentlich ließ es sich öffnen,

damit die stickige Luft weichen konnte. Zu ihrem Erstaunen gab es keinerlei Schwierigkeiten. Der Pflaumenbaum lag am Boden und hatte bei seinem Fall das Dach des alten Pferdestalls mit sich gerissen. »Hallo alter Freund«, flüsterte Linda, »du scheinst einem Sturm zum Opfer gefallen zu sein.«

Die Haselnusssträucher waren über all die Jahre zu stattlichen Bäumen gewachsen. Wie oft hatten die Schwestern sich hinter den Büschen versteckt.

»Ach Lotte. Wenn ich nur wüsste, was mit dir passiert ist. Aber vielleicht …« Sie schloss die Augen und schluckte das beklemmende Gefühl in der Halsgegend runter. Sie schaffte es nicht, ihre Hoffnung, laut auszusprechen, dass ihr der Besuch des Hauses Klarheit über die Vergangenheit geben könnte. Wenn es nicht klappen sollte, wäre ihre Enttäuschung noch größer.

Sie drehte sich vom Fenster weg und sah sich den leeren Raum an. Als Kind kam er ihr so groß vor. An den Wänden standen die großen Einbauschränke, auf der anderen Seite unter der Dachschräge die Betten und an der Außenwand neben dem Fenster die beiden Schreibtische. Die Fläche zum Spielen war riesig gewesen. Stundenlang hatten sie hier mit Barbiepuppen gespielt oder alles mit Playmobil bebaut.

»Lotte, kannst du dich erinnern, dass Mama unbedingt saugen wollte, als wir mal wieder tagelang das Playmobil stehen ließen? Dabei hat sie doch so eine winzige Tasse aufgesaugt. Die gehörte zu so einem kleinen Getränkestand, den du wenige Wochen zuvor erst zu Weihnachten bekommen hattest. Und als wir dann anfingen zu weinen, hat Mama den Staubsaugerbeutel aufgeschnitten und in dem ganzen Staub und

Dreck danach gesucht.« Linda sprach schon immer viel mit Lotte, so fühlte sie sich ihr nah. Doch hier im Haus, in ihrem Zimmer, kam es ihr sogar so vor, als würde sie Lottes Präsenz spüren. Für einen winzigen Moment glaubte sie, dass da etwas an ihrer Schulter war. Und kurz darauf erklang ein Seufzer. Linda fröstelte. Wie schnell man sich etwas einbildete …

3

In der Küche verstaute sie ihre Einkäufe und Kiras Gaskocher mit den Kartuschen im Schrank. Nudeln und Pesto für eine Woche. Die zwei Sixpacks Wasser stellte sie neben die Küchenzeile.

Nachdem sie sich eingerichtet hatte, beschloss sie, zum Moorteich zu gehen.

Linda lief über die Lichtung und folgte einem Trampelpfad, der kaum noch zu erkennen war. Anscheinend waren hier weniger Spaziergänger unterwegs, als sie dachte. Und wenn, dann kamen sie von der anderen Seite des riesigen Waldes.

Sie lief durch Gestrüpp, blieb ein paar Male an trockenen Wildbeersträuchern hängen und stieg über eine umgekippte Buche.

Ihr Vater arbeitete früher als Forstwirt und war für dieses Gebiet verantwortlich. Heute kümmerte sich wohl niemand mehr darum.

Linda kam schneller als gedacht an der alten Steinbank an, die vor dem zugewucherten Moorteich stand. Sie war froh, dass die Bank noch existierte. Ohne wäre sie einfach weitergelaufen und in den Teich gefallen.

Sie schauderte – nicht nur wegen der Vorstellung, sondern auch weil sie realisierte, wie dunkel es plötzlich schon war. Hoffentlich begegneten ihr auf dem Rückweg nicht irgendwelche wilden Tiere. Es war nicht klug gewesen, allein zum Teich zu gehen, schon gar nicht bei der einsetzenden Dunkelheit. Immerhin gab es in den letzten Jahren immer wieder Sichtungen von Wölfen in der Gegend.

»Dreh um! Geh schnell nach Hause!«

Hastig blickte Linda um sich. »Hallo?« Ihr wurde eiskalt.

Sie hätte schwören können, dass es sich um eine reale Stimme handelte und nicht um die eigene innere, die sie vor Gefahren warnte. Sie warf noch einen Blick auf den Boden vor sich. Ja, hier fing der Teich an. Der Boden war weich, fast schon matschig.

Von irgendwoher vernahm sie knackende Geräusche. Zuerst kam ihr wieder der Wolf in den Kopf. Aber hätte der nicht viel mehr Angst vor ihr? Sie hatte mal gelesen, dass man sich langsam von Wölfen entfernen und sie dabei nicht aus den Augen lassen sollte. Dann fiel ihr ein, dass es viel wahrscheinlicher war, dass hier Wildschweine rumliefen. Sie versuchte sich zu erinnern, welchen Geruch die Tiere verbreiteten. Aber es fiel ihr nicht ein.

Mama hatte damals immer große Angst vor den wilden Tieren gehabt, obwohl Papa ihr versicherte, dass sie sich nicht in der unmittelbaren Umgebung aufhielten.

Linda fragte sich, ob er sich wirklich sicher war oder Mama damit nur beruhigen wollte?

Auf dem Rückweg fiel sie einmal hin, weil sie sich ständig umsah. Glücklicherweise blieb es so weit still. Keine lauten

Geräusche, nur Geraschel von Vögeln und dem Wind, der durch die Baumwipfel strich.

Als sie endlich wieder am Haus ankam, glaubte sie am Waldrand auf der Höhe des Weges, der zur Straße führte, irgendetwas gesehen zu haben. Allerdings war es mittlerweile recht dunkel und sie redete sich lieber ein, sich getäuscht zu haben.

»Bin ich froh, wieder drinnen zu sein! Gut, dass die Tür so dreckig ist, dann kann ich auch nicht sehen, wer oder was draußen rumläuft.« Linda plapperte weiter vor sich hin und ging mit ihrem Handy als Taschenlampe durch den Flur bis in die Küche. Obwohl sie schon seit einigen Jahren allein in einem Haus lebte, in einer Straße direkt hinterm Deich, wo es auch in der Urlaubssaison nicht übermäßig laut war, so war es doch etwas anderes, in einem Haus ohne Strom und Wasser und nur umgeben von Wald zu sein. Sie fragte sich, wie ihre Mutter es hier ausgehalten hatte. Natürlich können Kinder auch in Urlaubsgebieten verschwinden, aber war hier nicht von Beginn an die Gefahr höher gewesen? Und diese Stille. Sie war anders als an der See. Bedrohlicher.

4

Vor ihrem Spaziergang hatte sie sich auf eine Portion Nudeln gefreut, aber jetzt war es ihr zu dunkel. Das Handy war zwar sehr hell, aber sie wollte den Akku schonen. Sie schmierte sich eine Scheibe Brot mit Marmelade und aß sie schnell im Stehen. Obwohl sie wusste, dass das direkte Zähneputzen nach dem Essen nicht gut für die Zähne war, wollte sie jetzt einfach nur ins Bett.

Um sie herum knackte es überall und aus dem hinteren Teil des Wohnzimmers ertönte ein Trippeln. Gut, dass sie sich entschieden hatte, im Obergeschoss zu schlafen. Dort würden die Mäuse bestimmt nicht sein.

Auf dem Weg nach oben musste sie zwangsläufig wieder an der Haustür vorbei. Was, wenn dort draußen vorhin tatsächlich jemand war und sie beobachtete? Natürlich war die Tür abgeschlossen, aber wenn derjenige mitbekommen hatte, dass sie allein war, würde er sich bestimmt nicht von einer alten Glastür abhalten lassen. Das Fenster im Elternschlafzimmer war mit einem Gitter versperrt, aber die Haustür oder auch die Balkontür waren schnell eingeschlagen.

»Ganz ruhig, Linda. Du schaffst das schon. Hör auf, so ängstlich zu sein. Das bist du doch sonst auch nicht.« Der Versuch, sich selbst gut zuzureden, brachte nur kläglichen Erfolg. Schon als sie oben im Zimmer ankam, stand sie vor der Entscheidung: Zimmertür schließen oder offen lassen?

Zu Hause schloss sie nie die Türen. Wozu auch? Schließlich lebte sie allein und niemand konnte sie stören.

Hier aber waren es andere Umstände. Eine geschlossene Tür würde ihr ein wenig mehr das Gefühl von Sicherheit geben. Allerdings könnte sie bei geschlossener Tür Geräusche im Haus überhören.

»Eins, zwei, drei, vier «, murmelte sie vor sich hin und atmete dabei tief ein. Dann hielt sie kurz die Luft an und atmete vier Sekunden lang aus. Sie ließ die Tür auf. Hier war niemand außer ihr und ihren Ängsten, die völlig unlogisch waren.

Den Wecker stellte sie auf sieben Uhr für den nächsten

Morgen. Sie wusste nicht genau, wann dieser David eintreffen würde.

»Verrückt, dass er es geschafft hat, dass ich doch nochmal hierher zurückkehre. Lotte, falls du mich hörst, wo auch immer du bist, bitte weise mir den Weg, damit ich dich doch noch finde. Jetzt hast du die Möglichkeit!«

6

Deutschland, in der Eifel, 5. September 2022

David Schütz öffnete die Tür zu seinem Hotelzimmer für die Nacht. Morgen würde er früh aufstehen und sich auf den Weg nach Vorderhöfen machen. Das Mietauto hatte er bereits am Flughafen abgeholt. Es dauerte einige Minuten, bis er sich daran gewöhnte, auf der anderen Seite im Auto zu sitzen und zu fahren. Er war froh, sich entschieden zu haben, die Nacht in Gerolstein zu schlafen, sodass er nicht bei Dunkelheit durch die kleinen Orte fahren musste. Auf Google Maps hatte er gesehen, wie bewaldet die Eifel war, und er wollte das Risiko, auf Wild zu stoßen, umgehen.

Außerdem konnte er so noch einmal den Komfort eines Bettes und einer Dusche genießen.

Er hatte Linda vorgeschlagen, dass sie sich in dem alten Haus treffen und dort auch schlafen könnten. Natürlich war ihm klar, dass das bei Linda alte Wunden aufreißen könnte, falls sie überhaupt jemals geschlossen waren. David konnte sich nur schwer vorstellen, wie es sein musste, eine Schwester zu verlieren. Von jetzt auf gleich aus dem Leben gerissen, als hätte es sie nie gegeben. Er wusste nicht einmal, wie es sich anfühlte, eine Schwester oder einen Bruder zu haben. Zwar war er mit seinem besten Freund Stan aufgewachsen, seit dieser mit seinen Eltern in der Grundschulzeit ins Nachbarhaus eingezogen war, aber er war sich sicher, dass dies nicht mit einem echten Geschwisterband zu vergleichen war.

Zuerst war es ihm unangenehm, Linda darum zu bitten, aber er wollte alle Sinne in seinem Roman bestmöglich beschreiben. Und dafür war es notwendig – zumindest für ihn – in dem Haus zu übernachten.

Linda sollte ihm alles erzählen, was sie wusste, ihm die Gegend zeigen. Wo sie gespielt haben, Orte, an die sie nicht hatten gehen dürfen. Er hatte ihr allerdings etwas Wichtiges verschwiegen.

Auf die Frage, woher er von dem Vermisstenfall wusste, antwortete er wahrheitsgemäß, die alten Zeitungsartikel in einer Kiste gefunden zu haben. Und weshalb er ihren Namen wusste, sei das Ergebnis seiner Recherche.

Während des Abendessens – er hatte sich gerade noch einen Döner geholt – nahm er die Zeitungsartikel zur Hand.

Alle waren aus der Eifel-Mosel-Zeitung und auf August und September 1992 datiert.

Gestern morgen hat eine Frau beim Spaziergang mit ihrem Hund am »Roten Moor« ein weißes T-Shirt gefunden, das die Eltern der vermißten Charlotte Bauer als das ihrer Tochter identifizierten. Die Polizei hat umgehend Taucher eingesetzt, um den Grund des dunklen Moorsees abzusuchen. In einem Gebüsch wurde die tote Katze der Familie gefunden. Aus diesem Grund geht die Polizei nun von einem Verbrechen aus. Charlotte wurde das letzte Mal von ihrer Schwester gesehen, als sie auf dem Hof ihrer Eltern spielten.

Hinweise bitte an die örtliche Polizeidienststelle.

Kind vermißt!

Die 9jährige Charlotte Bauer wird seit gestern Mittag vermißt. Sie wurde zuletzt beim Spielen mit ihrer Schwester auf dem Hof ihrer

Eltern im Vorderhöfener Wald gesehen. Das Mädchen trug ihre braunen Haare zum Zopf, ein weißes T-Shirt, eine rote Radlerhose und weiße Turnschuhe. An ihrem linken Handgelenk trägt sie eine Flik Flak Uhr mit rotem Armband.
Hinweise bitte an die örtliche Polizeidienststelle.

Die seit drei Wochen vermißte Charlotte Bauer wurde immer noch nicht gefunden. Ihre Eltern berichteten, dass ihre Töchter verstecken spielen wollten, und dabei ist Charlotte verschwunden. An ihrem Haus führt ein Wanderweg durch den Vorderhöfener Wald vorbei, so dass die Vermutung naheliegt, dass ein Spaziergänger sie entführt hat. Ihre Eltern, die zuerst im Verdacht standen, vor allem der Vater, da dieser sich als Forstwirt des Waldes dort besonders gut auskennt und seine Tochter schnell hätte verschwinden lassen können, werden nicht länger verdächtigt. Die zahlreichen Hinweise auf eine angebliche Sichtung nach ihrem Verschwinden haben die Polizei bisher nicht weitergebracht. Trotzdem bittet die Polizei weiter um Hinweise.

Dann nahm David das Foto zur Hand, das Lotte und Linda mit einem kleinen Jungen, der nur eine Windel trug, zeigte.

7

Deutschland, in der Eifel, 6. September 2022

1

»Hallo? Linda? Bist du da?«

Rief da jemand nach ihr? Gähnend griff sie nach ihrem Handy. Es war 9 Uhr früh. So lange hatte sie ewig nicht mehr geschlafen.

»Linda? Hallo?« Jetzt hörte sie tatsächlich das Rufen und auch das Klopfen an der Haustür.

»Moment!« Sie rief so laut sie konnte und krabbelte aus dem Schlafsack.

»Okay«, kam als Antwort von unten.

Kurz überlegte sie in ihre Jeans zu schlüpfen und sich ein T-Shirt überzuziehen. Aber ihre heutige Schlafkleidung, eine Shorts und ein Spaghetti-Shirt, trug sie schließlich zu Hause auch am Strand. Barfuß lief sie die Treppe hinab und zupfte dabei nur noch mal kurz an ihrem Shirt.

Vor der Tür stand ein großgewachsener blonder Mann mit Männerdutt, Jeans und kariertem Hemd. Er war der Typ vom Facebookprofil.

»David?« Linda öffnete die Tür einen kleinen Spalt. Worauf hatte sie sich hier eigentlich eingelassen? Sie kannte den Mann gar nicht und traf sich hier in dem abgelegensten Haus der Gegend mitten im Wald mit ihm. In den letzten Tagen hatte sie nie daran gedacht. Die Neugier, warum er ihren Namen kannte, und der Drang danach, Lottes Geschichte zu erzählen, hatten ihre Ängste gar nicht erst zugelassen.

»Hi, ja, der bin ich. Habe ich dich geweckt?« David trat näher an die Tür heran und streckte ihr die Hand entgegen. Zögernd öffnete sie die Tür weiter und ergriff die Hand.

»Nein. Also, das heißt, schon. Eigentlich wollte ich um sieben bereits aufstehen, aber ich habe den Wecker einfach nur ausgeschaltet. Hätte nie gedacht, dass ich auf einer Isomatte und in einem Schlafsack so gut schlafen kann.«

Sie blickte kurz über ihre Schulter und dann wieder zu David. Sollte sie ihn wirklich ins Haus lassen?

»Okay, ob wir nun draußen im Wald allein unterwegs sind, wenn ich dir alles zeige, oder ich dich zuerst ins Haus bitte. Wenn du Böses im Sinne hast, kannst du mich überall umlegen. Also …« Linda öffnete die Tür nun komplett und bat ihn mit einer einladenden Geste hinein.

David lachte und blickte sie dann ernst an. »Es tut mir leid, ich habe darüber nicht nachgedacht. Wir hätten uns vielleicht besser erstmal in der Stadt treffen sollen. Auf ungefährlichem Territorium. In einem Café oder so.«

»Nein, ist schon in Ordnung. Komm rein. Ich mache seit ein paar Tagen sowieso plötzlich Dinge, die ich sonst nie getan habe.«

Beide blickten auf Davids Schuhe, als er den ersten Schritt ins Haus machte.

»Oh, soll ich die Schuhe eigentlich ausziehen?«

Jetzt war es an Linda loszulachen. »Ja, ich bitte dich darum! Du machst mir noch meine Bude dreckig.«

»Oh sorry. Ja, hier ist es so sauber, wie ich es nicht mal in einer Klinik gesehen habe.« Er wischte mit einem Finger über die alte Anrichte im Hausflur und hinterließ eine Spur im Staub und hielt Linda dann seinen Finger vor die Nase.

Die Nervosität fiel von ihr ab. Sie ging vor ins Wohnzimmer und lachte immer noch.

»Also, nimm Platz. Die Decke auf dem Sofa habe ich gestern frisch draufgelegt. Ich gehe mich eben umziehen. Falls du etwas zu trinken haben möchtest, hier vorne ist die Küche. Bedien dich ruhig an den Wasserflaschen. Es gibt zwar noch Gläser in den Schränken, aber mit Abspülen ist leider nichts. Ich glaube, dass das Wasser abgestellt wurde.«

David blickte sich interessiert um, so wie sie selbst am Tag zuvor.

2

Sie ließ ihn allein zurück, stieg hinauf und schloss dieses Mal die Tür hinter sich. Sollte er auf die Idee kommen, ihr zu folgen, würde er sie wenigstens nicht nackt sehen, falls sie sich dann noch nicht umgezogen hätte.

Es war komisch, sich nicht morgens direkt duschen zu können. Vermutlich sollte sie doch in ein Hotel ziehen. Oder den Wasserschalter suchen und hoffen, dass die Stadtwerke das Wasser nicht von außen abgedreht haben. Wobei sich ihr im nächsten Moment die Frage stellte, ob die Leitungen nicht längst unbenutzbar waren. Immerhin stand das Haus seit fast dreißig Jahren leer.

Auf dem Weg nach unten band sie sich ihre langen Haare zurück. Automatisch warf sie einen Blick auf den Spiegel über der verstaubten Anrichte im Flur und war froh, dass dieser blind war. Er hätte ihren Anblick wohl genauso wenig ertragen wie Linda selbst. Normalerweise legte sie Wert auf ihr Äußeres. Zumindest sollte alles sauber sein und vor allem ihre Haare mussten sitzen. Allerdings war ihr bereits am Abend zuvor aufgefallen, dass sie ihre Bürste vergessen hatte. Zu Hause würde sie niemals ungekämmt vor die Tür gehen. Wenigstens war David nicht der Typ Mann, auf den sie stand, sonst wäre sie ungern unter seine Augen getreten.

»Irre, wie lange steht das Haus schon leer? Und warum habt ihr nichts mitgenommen? Oder ist das von irgendwelchen Nachmietern zurückgelassen worden?«

»Nein. Das war alles unser Zeug. Ich habe keine Ahnung, warum hier unten noch alles vorhanden ist, oben ist nämlich alles leer, beziehungsweise unser Kinderzimmer ist komplett leer. In den anderen Räumen ist auch die Einrichtung weg, aber es stehen noch einige Kartons herum. Keine Ahnung, was darin ist.« Sie zuckte mit den Schultern.

»Ja, Kartons, die lange irgendwo rumstanden, können mitunter sehr interessante Sachen zu Tage fördern.« David grinste und folgte ihr in die Küche.

»Ich habe uns übrigens belegte Brötchen beim Bäcker geholt. Ich hol sie eben, okay? Und meine Tasche.«

3

Als er wieder zurückkam, machten die beiden es sich auf der alten Couch bequem. Während des Frühstücks erzählte David, wie er an die Artikel gekommen ist.

»Und dann sah ich mir die Artikel näher an. Obwohl Stan kein Deutsch kann, war auch ihm sofort klar, dass es sich bei dem einen nur um eine Vermisstenanzeige handeln konnte.«

»Und du? Hast du immer in England gelebt? Ich meine, dein Nachname verrät deine deutsche Herkunft.«

»Ja, meine Eltern sind vor meiner Geburt nach England gezogen.«

Linda wagte es kaum zu fragen, aber dann platzte es doch aus ihr heraus: »Du hast die Artikel nicht zufällig dabei, oder?«

David nickte, schob den letzten Bissen vom Brötchen in den Mund und holte sein Notizbuch heraus, in dem er die Zeitungsausschnitte verwahrte. Bis auf das Foto reichte er sie Linda. Ihre Finger zitterten. Dreißig Jahre waren vergangen, in denen sie nicht einen Artikel von damals zu Gesicht bekommen hatte. Weil sie Angst hatte. Angst davor, dass ihr gesamtes Konstrukt im Kopf nur ihrer Fantasie entsprang und die Wahrheit eine ganz andere war. Wobei … konnte man der Presse glauben?

Das Bild ihrer Schwester in der Vermisstenanzeige trieb ihr Tränen in die Augen. Gleichzeitig spürte sie eine kalte, aber liebevolle Berührung an der Schulter. David konnte es nicht gewesen sein, er saß auf der anderen Seite von ihr und hielt sein Notizbuch in beiden Händen. Das war nun das zweite Mal, dass sie glaubte, berührt worden zu sein. Und da war auch wieder der Seufzer.

David blickte sie plötzlich unvermittelt an.

»Hast du das auch gehört?«

Jetzt lief es Linda eiskalt den Rücken hinab. Bis vor wenigen Sekunden schrieb sie es ihrer Fantasie zu.

Nervös lachte sie auf. »Ach, das war bestimmt eine Maus.«

»Das klang wie ein … Ach vergiss es.« Er griff nach einer Wasserflasche und nahm einen kräftigen Schluck.

»Was weißt du von dem Bruder deiner Mutter?«

»Was?« Linda sprang auf und starrte David an. Sie zitterte am ganzen Körper. Wer war dieser Mann, der ihren Namen kannte und nun auch noch den Bruder ihrer Mutter ins Spiel brachte, den sie nie kennengelernt hatte. Er war gestorben, als sie und Lotte noch nicht geboren waren. Linda hatte auch erst von ihm erfahren, als sie längst bei ihrer Tante wohnte.

»Wie … wie kommst du jetzt auf meinen Onkel? Der ist seit ungefähr vierzig Jahren tot!«

David schüttelte den Kopf. »Nein. Das stimmt nicht. Er starb erst vor zehn Jahren. Wobei ich mir nach der Geschichte, die mir meine Mutter vor einigen Tagen erzählte, nicht mehr sicher bin, ob er wirklich tot ist.« Er drehte das Notizbuch in seinen Händen und presste seine Lippen fest zusammen. Schließlich nahm er das Bild aus dem Buch und reichte es Linda, die bis jetzt an die Wand gedrückt stand.

»Das sind Lotte und ich. Wo hast du das Bild her? Und wer ist der Junge?«

»Das bin ich. Das Bild ist laut Aussagen meiner Mutter in unserem einzigen Urlaub hier in Deutschland an der Nordsee entstanden, als wir meine Oma, also die Mutter meiner Mutter, besucht haben. Sie hatte im Nachbarort deiner Tante gewohnt. Mein Dad war nicht dabei. Wir trafen euch durch Zufall auf dem Spielplatz. Deine Mutter und deine Tante kannten meine Mutter anscheinend nicht, weil meine Eltern sich erst nach dem angeblichen Tod meines Vaters kennengelernt haben. Aber Mama erkannte deine Mutter und ihre Schwester von den Fotos, die mein Dad noch bei sich trug. Ich bin dein Cousin, Linda. Und ich will erfahren, was mit deiner Schwester damals wirklich passiert ist.«

4

Damit hatte Linda nicht gerechnet. Sollte sie ihm glauben? Er könnte sich sonst etwas ausgedacht haben. Das Foto bewies nicht ihre Verwandtschaft. Nur weil ihre Mutter und Tante, den Schwestern von Davids Vater ähnlich sahen, war auch das kein Beweis. Aber weshalb hätten seine Eltern dann die Zeitungsausschnitte aus deutschen Zeitungen aufbewahren sollen? Linda beschloss aufzuhören, darüber nachzudenken und David lieber zu glauben. Der Wunsch, mit seiner Hilfe Lotte zu finden, war zu groß, ebenso wie die Angst, dass David sie bei dem geringsten Zweifel an seiner Geschichte allein lassen würde. Sie nahm wieder neben David Platz.

»Okay, ich habe das jetzt richtig verstanden, ja? Dein Vater hat seinen Tod vor circa fünfundvierzig Jahren vorgetäuscht, weil er keinen anderen Ausweg gesehen hat, von seiner gewalttätigen Freundin wegzukommen? Wie krass ist das bitte? Und dann hat er seinen Namen von Franz Sauerlich in Fritz Schütz abgeändert und ist nach Großbritannien gegangen, ohne jemals wieder mit seiner Familie Kontakt aufzunehmen?«

David nickte. »Richtig. Er lernte meine Mutter in einem Irlandurlaub kennen. Er …« Ein lautes Poltern aus der oberen Etage unterbrach ihn. Beide zuckten zusammen und starrten sich mit offenen Mündern an.

»Hier ist doch sonst niemand, oder?«

»Wenn sich nicht jemand hinter dem Stapel Kisten versteckt hat, dann nicht.« Im selben Moment bereute Linda, das gesagt zu haben. Natürlich hätte sie bemerkt, wenn wirklich jemand im Haus wäre. Niemand hielt es so viele Stunden aus, sich so still zu verhalten. Oder war jemand in der Nacht eingedrungen? Das konnte nicht sein, schließlich waren die Fenster und Türen alle geschlossen gewesen. Außer in ihrem Zimmer. Aber wenn dort jemand an der Hauswand hochgeklettert und eingestiegen wäre, hätte sie es mitbekommen.

»Die Haustür hattest du wieder geschlossen, als du vom Auto zurückgekommen bist?«

»Ich glaube schon.« David stand auf und sah in den Flur. »Oh …«

»Was ist los?«

Sein Mund formte die Worte »Die Tür«. Dann griff er sich den Schürhaken vom Kamin und deutete Linda an, ihm zu folgen. Sie fröstelte. Wer drang denn einfach bei Tag in ein Haus ein? Sie hatten sich die ganze Zeit unterhalten. Wieder dachte Linda an die Bewegung am Waldrand.

Das ist doch alles Quatsch!, scholt sie sich. Wer sollte denn dort stehen und dann tagsüber ins Haus eindringen?

David schloss die Tür. Vorsichtig liefen die beiden die Treppe hinauf. Erst jetzt nahm Linda wahr, wie laut das Holz unter ihren Füßen quietschte. Oder war es der Situation geschuldet, dass es nun lauter als zuvor wirkte?

»Also die Treppe kann niemand hinauflaufen, ohne sich bemerkbar zu machen. Viel zu laut.« David ließ den Schürhaken sinken. »Kannst du sagen, aus welchem Raum der Lärm gekommen ist?«

»Ja. Aus dem alten Wohnzimmer, dem einzigen Raum, in dem noch etwas steht. Die Tür da rechts.«

So sehr sie auch suchten und dabei lauschten, ob nicht aus einem der anderen Zimmer jemand weglief, sie entdeckten niemanden. Allerdings konnten sie die Quelle des Lärms ausmachen. Der alte Röhrenfernseher, der gestern noch auf dem Schrank stand, lag am Boden. Linda war sich ganz sicher. Eine Erklärung, wie er herunterfallen konnte, fanden sie nicht.

Linda erzählte, dass bis auf das Kinderzimmer die obere Etage früher die Wohnung ihrer Großeltern väterlicherseits war. Ihr Großvater hatte das Haus mit aufgebaut, aber nach einem großen Streit zwischen Vater und Sohn schmiss Lindas Vater seine Eltern raus. Erst wenige Monate zuvor hatte er das Haus überschrieben bekommen. Seine Eltern versäumten dabei, sich lebenslanges Wohnrecht zu sichern.

»Das war ungefähr ein halbes Jahr vor Lottes Verschwinden«, sagte Linda. Sie fingerte an einem Karton herum, ließ ihn allerdings geschlossen. »Ich frage mich, was aus ihnen geworden ist. Ich habe sie nie wieder gesehen, seit sie ausgezogen sind. Mein Vater wollte keinerlei Kontakt mehr mit ihnen. Er hat auch alle Fragen, die ich in den Jahren vor seinem Tod noch an ihn hatte, ignoriert.«

5

Nachdem sie erneut das Haus – außer den Keller – nach einem Eindringling abgesucht hatten, schlug Linda vor, dass sie David den Moorteich zeigte.

»Magst du mir von dir und deiner Schwester erzählen?«, fragte David, während sie sich durch das Gestrüpp schlugen.

Linda zuckte mit den Schultern. Wo sollte sie anfangen? Auch wenn es viel zu wenige Jahre waren, die sie miteinander hatten, so waren es doch unzählige Erinnerungen, in denen Lotte eine wichtige Rolle spielte.

»Alle hielten uns für Zwillinge. Obwohl ich ein Jahr jünger war, trugen wir immer die gleiche Kleidung. Wir fanden das lustig. Wir waren unzertrennlich. Es war nicht so, dass ich als Jüngere der Älteren nacheifern wollte. Lotte wollte einfach alles mit mir teilen. Wir waren beide in der Leichtathletik. Allerdings bin ich einige Wochen vor ihrem Verschwinden schon nicht mehr dabei gewesen, weil ich mir das Fußgelenk gebrochen hatte. Lotte … Lotte war mein ein und alles.« Ihre Stimme brach und sie griff an die Kette an ihrem Hals.

»Da vorne … Siehst du die Bank?«

David nickte.

»Die steht noch auf festem Boden, dahinter ist der Teich. Und wie du siehst, ist er komplett zugewachsen.«

»Und wo wurde das T-Shirt gefunden?«

»Das weiß ich, ehrlich gesagt, nicht. Ich durfte hier nicht mehr hin. Mama hat mich in den ersten Tagen regelrecht im Kinderzimmer eingesperrt. Sie wollte wohl nicht noch ein Kind verlieren. Obwohl …«

Linda ließ sich auf der Bank nieder und wischte sich den Schweiß von der Stirn. Die Mücken schwirrten um ihre Köpfe.

»Ach, haut ab, ihr Viecher. Wir sollten hier wohl nicht so lange verweilen. Das dreckige Wasser und die Wärme und dann wir mit unserem Körperschweiß. Ein Fest für die Mücken.« David wedelte mit seiner Hand vor dem Gesicht. Linda schlug eine Mücke auf ihrem Arm tot. Damit zog sie gefühlt zehn weitere an.

Ohne ein weiteres Wort flüchteten sie zurück in den Wald.

»Was meintest du gerade mit *obwohl*?«

»Meine Mutter hat mich damals noch während der laufenden Suche zu meiner Tante an die Nordsee geschickt. Dort bin ich aufgewachsen. Ich habe von meiner Mutter jahrelang nur zum Geburtstag einen Anruf bekommen. Papa ist um den zwanzigsten Jahrestag von Lottes Verschwinden gestorben.«

Sollte sie ihm wirklich die ganze Wahrheit erzählen? Schließlich war ihr Vater nicht einfach nur gestorben. Linda entschied sich dafür, es für sich zu behalten. Es spielte keine Rolle für die Geschichte rund um Lotte. Oder doch?

»Papa wollte das Haus nie verkaufen. Er meinte, Lotte könnte vielleicht eines Tages wiederkommen, und dann sollte niemand anderes darin wohnen.«

»Das ist aber schon ein wenig unlogisch. Wenn niemand hier wohnt, woher hätte Lotte dann wissen sollen, wie sie Kontakt zu euch aufnehmen kann?« David reichte Linda die Hand, als sie über einen umgekippten Baum kletterten.

Linda bedankte sich, sagte aber zu seiner Aussage nichts.

Sie stellte fest, dass sie darüber noch nie nachgedacht hatte. Allein der Gedanke daran, dass Lotte zurückkam, hatte sie und anscheinend auch ihre Eltern davon abgehalten, logisch zu denken.

»Vielleicht …«

Vielleicht wäre Lotte zur Polizei gegangen und hätte sich dort gemeldet. Dann wäre ihre Familie informiert worden.

Vielleicht hätte sie sich aber auch auf den Weg nach Büsum gemacht, in der Hoffnung, dass ihre Tante noch dort wohnte. Dann wäre Lotte unmittelbar auf Linda gestoßen.

Wie oft träumte Linda genau diesen Traum?

Sie blieb stehen und schlug ihre Hände vors Gesicht. Ihr ganzer Körper zitterte. David nahm sie in den Arm und Linda krallte sich in seinem T-Shirt fest.

Nachdem sie sich wieder beruhigt hatte, erzählte sie, dass sie zu ihrem Vater ein gutes Verhältnis hatte. Er kam sie zum Geburtstag und zu Weihnachten immer besuchen. Ihre Eltern trennten sich ein Jahr nach dem Verschwinden. Ihre Mutter hielt es nicht mehr mit ihm aus. Sie gab ihm die Schuld an allem. Wenn es nach ihr gegangen wäre, hätten sie in der Stadt gewohnt. Aber ihr Vater zog die Abgeschiedenheit vor. Er mochte die Menschen nicht und da kam es ihm gelegen, dass sein Vater das Haus im Wald bauen wollte.

Als sie wieder am Haus ankamen, zeigte Linda David ihre liebsten Plätze zum Verstecken. Sie liefen die Route ab, die sie vor dreißig Jahren zweimal abgelaufen war, bevor sie im Haus hatte suchen wollen.

»Glaubst du, dass sie tot ist?« David setzte sich auf den umgekippten Pflaumenbaum, bei dessen Anblick Linda wieder die Tränen in die Augen stiegen.

»Ich denke, tief in mir drin weiß ich es. Aber mein Herz schreit, lass sie noch am Leben sein. Lass mich sie finden, oder sie mich. Was ich glauben soll? Ich kann es dir nicht sagen.« Sie wischte sich mit dem Handrücken über die Augen. »Doch. Ich glaube, dass ich sie finden werde. Ob sie lebt oder tot ist, werde ich dann erfahren.«

8

Deutschland in der Eifel, 30. August 1992

»Achtundneunzig, neunundneunzig, hundert! Lotte, ich komme!« Linda öffnete die Augen und drehte sich suchend um. Ob sich Lotte wieder ihr Versteck vom letzten Spiel ausgesucht hatte? Das sähe ihr ähnlich und sie würde nicht vermuten, dass Linda so schlau ist und genau dort wieder sucht. Weil es zu offensichtlich wäre. Mit einem Lächeln ging sie die abschüssige Wiese neben dem Haus hinunter. Gerne wäre sie gerannt, aber das ließ ihr Fuß noch nicht wieder zu. Auf der rechten Seite stand am Waldrand eine alte Hütte, die vor vielen Jahren der ehemalige Förster dort errichtet hatte, um dort Stroh und Futter für die Tiere des Waldes zu lagern. Ihr Vater, der nun der Förster war, nutzte den Stall für Stroh und Futter, weil die Hütte mittlerweile undicht war.

»Lieschen, Lieschen hat dich bald,
Bist dann ganz in ihrer G`walt.«

Sie riss die alte Holztür zu fest auf, die daraufhin aus der oberen Angel fiel. Mit einem Aufschrei sprang sie zur Seite und konnte gerade noch verhindern, von den Brettern getroffen zu werden. Ihr Herz hüpfte vor Schreck stärker als nach einem Dauerlauf. Sie beruhigte sich mit dem Gedanken, dass ihre Mutter bestimmt froh darüber war, dass die Hütte nun selbst in sich zusammenzufallen schien. Sie wollte sie schon lange abreißen, aber immer wieder kam etwas dazwischen.

Wenn Lotte in der Hütte gewesen wäre, wäre sie sofort rausgekommen, um Linda zu beruhigen.

Linda lief die Treppe zum Balkon hinauf und schaute in die wetterfeste Truhe, in der über den Sommer die Stuhlauflagen aufbewahrt wurden. Keine Lotte.

Auf dem Tisch in der Küche stand ein angeschnittener Kuchen. Das Eckstück fehlte.

»Bingo!« Ihr war klar, dass Lotte irgendwo im Haus sein musste. Niemals würde Mama das Eckstück selbst essen. Sie nahm sich ebenfalls ein Stück vom Kuchen und suchte dann das Untergeschoss nach Lotte ab. Das Arbeitszimmer von Papa, die Abstellkammer, das Schlaf- und Badezimmer ihrer Eltern. Bevor sie hochging, lief sie noch einmal in die Küche und nahm sich ein zweites Stück Kuchen.

Ihre Mutter stellte im Obergeschoss gerade den Staubsauger in die Nische neben der alten Küchenzeile.

»Mama, hast du Lotte gesehen?« Als sie das Gesicht ihrer Mutter sah, griff Linda sich unwillkürlich an den Wangenknochen.

Ihre Mutter lachte und berührte vorsichtig einen Kratzer unterhalb ihres Auges und verschmierte dabei Blut. »Alles gut, Linda. Ich wollte mir gerade die Haare aus dem Gesicht machen und habe mich dabei versehentlich mit einem Nagel gekratzt, der mir beim Saugen abgebrochen war. Und nein, ich weiß nicht, wo deine Schwester ist. Ich kann dir aber verraten, dass sie vorhin unten in der Küche war und ein Stück Kuchen gegessen hat.«

»Ja, das hab ich schon gesehen. Und du bist dir sicher, dass sie nicht hier oben ist?«

»Sehr sicher. Bei dem schönen Wetter hätte ich sie rausgeschickt. Ihr habt so viele Versteckmöglichkeiten, da müsst ihr das nicht hier im Haus machen.«

Gemeinsam gingen die beiden die Treppe hinunter.

»Linda, hast du meinen bunten Schal gesehen?«

Das Mädchen schüttelte den Kopf. »Ich geh sie dann draußen suchen. Bis später, Mama.«

Linda suchte und rief nach ihrer Schwester. Erst als sie alle möglichen Verstecke zweimal abgesucht und auch noch einmal in der alten Hütte nachgesehen hatte, lief sie ins Haus zurück. Ihre Eltern standen eng umschlungenen in der Küche. Als sie Linda bemerkten, traten sie auseinander, und ihr Vater schnallte seinen Gürtel zu.

»Mama, du hast mich angelogen, Lotte ist nirgendwo draußen. Sie muss doch oben sein.« Sie stampfte mit einem Fuß auf. Es war gemein, immer predigten ihre Eltern, dass sie und Lotte nicht lügen dürften, und dann taten sie es selbst.

»Wie redest du mit mir, Fräulein? Deine Schwester ist nicht im Haus. Was soll das heißen, sie ist nicht draußen? Hast du sie bis jetzt gesucht?«

»Ja, Lotte hat sich in Luft aufgelöst.«

9

Deutschland, in der Eifel, 6. September 2022

1

David saß auf der Couch und hielt sein Notizbuch in der Hand. Sein Handy diente ihm als Taschenlampe. Sollten sie die nächsten Tage weiter hier schlafen wollen, obwohl es kein laufendes Wasser und Strom gab, mussten sie sich wenigstens Kerzen und Taschenlampen besorgen. Hier im Wald verschwand das Tageslicht viel zu früh.

Wenn die ganze Geschichte nicht so dramatisch wäre, hätte David es als Abenteuer empfunden. Obwohl er erst seit Kurzem von der Existenz der Cousine wusste, so ging es ihm ungewohnt nah. Er dachte an seine Patenkinder Mabel und Poppy. Stans Töchter waren im selben Alter wie Linda und Lotte damals. Wenn er jetzt nicht in einem gottverdammten Funkloch säße, würde er seinen besten Freund anrufen. Würde sich versichern, dass es den Mädchen gut geht. Er würde Stan dazu auffordern, immer auf die beiden aufzupassen.

Oben im Haus erklang mal wieder ein Geräusch. Kam es aus Lindas Zimmer? David versuchte sich einzureden, dass Linda das Fenster geschlossen hatte.

Er glaubte nicht an die Existenz von Geistern, aber dieses Haus zeigte ihm, dass die Fantasie auch mit ihm durchgehen konnte. Der umgekippte Fernseher wollte ihm nicht aus dem

Kopf gehen.

Bevor er sich schlafen legte, musste er sich nochmal erleichtern. Das Pesto zu den Nudeln war so salzig gewesen, dass er seit dem Abendessen noch einen Liter Wasser getrunken hatte.

»Respekt, Linda«, murmelte er, als er die Tür zum Balkon öffnete und hinaus trat. Sie wirkte so zerbrechlich, und doch war sie stark genug gewesen, hier allein eine Nacht zu verbringen. Lange würde er es hier nicht aushalten. Die Toilettensituation war alles andere als zivilisiert.

Einige Minuten später schloss David die Balkontür wieder von innen. Um ihn herum summten Mücken. Wie sollte er hier nur schlafen? Normalerweise deckte er sich immer zu, aber es war viel zu warm im Raum. Morgen früh würde er bestimmt die meisten Mückenstiche seines Lebens haben. Während er sich auf der Couch hin und her drehte, dachte er an Linda. Er konnte nicht genau sagen, was ihn an ihr störte, aber sie verbarg etwas vor ihm. Hatte sie vielleicht selbst mit dem Verschwinden von Lotte zu tun? Aber wie hätte sie es anstellen sollen? Stimmte die Erzählung, dass sie gemeinsam Verstecken gespielt hatten?

David kratzte sich am Kopf.

Vielleicht war es ganz anders und es hatte einen Unfall gegeben, an dem Linda schuld gewesen war. Waren die Schwestern am Roten Moorteich gewesen und Lotte war dort ertrunken?

David setzte sich auf und griff nach der Wasserflasche. Was war danach nur passiert? Im und um den Teich herum wurde nach Lotte gesucht. Aber bis auf das T-Shirt wurde nichts gefunden. Möglich, dass der Vater der Mädchen seine tote Tochter im Wald vergraben hatte, weil er dachte, Linda würde für den Unfall zur Rechenschaft gezogen werden. Oder … Ach, es gab zu viele Möglichkeiten. So würde er nicht dahinter kommen.

In Gedanken lief David alle Wege nochmal ab, die Linda ihm gezeigt hatte. Auch im Haus führte er sich jeden Raum vor Augen. Der Keller … Linda hat ihn gemieden.

2

Die Tür quietschte. Hoffentlich wurde Linda davon nicht wach. Als David sah, dass es sich bei der Treppe um Gitterroststufen handelte, verdrehte er die Augen. Er hasste sie, seit er ein Kind war. Bei Freunden seiner Eltern gab es auch so eine in den Keller. Er hatte dort im Flur mit seinen Murmeln gespielt und einige waren zur Kellertreppe gerollt. Durch das Gitter fielen sie in die Tiefe. Weil er sich im Dunkeln nicht allein hinunter traute, rief er seinen Vater.

David hatte nur noch diese kurze Szene vor Augen. War das wirklich der Grund, warum er diese Treppen nicht leiden konnte?

Er ließ die Tür offen, um erneutes Quietschen zu vermeiden. Das Licht seines Handys erhellte den Keller, trotzdem gab es Stellen, die dunkel blieben. Eigentlich war er kein ängstlicher Typ, und doch stellten sich die kleinen Härchen auf seinen Armen auf. Noch bevor er den Keller erkunden konnte, erklang von irgendwoher ein lautes Geräusch. David lief, immer zwei Stufen nehmend, hinauf. Auch auf die

Gefahr hin, dass Linda aufwachen könnte, schloss er dieses Mal die Tür.

10

Deutschland, in der Eifel, 7. September 2022

1

Linda und David wollten weg von dem Haus. Zumindest für ein paar Stunden. Unabhängig voneinander war ihnen klar, dass sie dort Antworten finden konnten. David schlug vor, zur nächsten Polizeistation zu fahren. Vielleicht könnte man ihnen dort weiterhelfen. Obwohl die Polizistin freundlich war, musste sie ihnen mitteilen, dass sie keinerlei Auskunft geben konnte. Wenn die beiden neue Information hätten, sollten sie sich gerne melden, dann würde der Fall nochmal aufgerollt werden.

Auch im Zeitungsarchiv bekamen sie nichts Neues heraus. Sie fanden lediglich die Artikel, die sie bereits kannten.

2

»Hast du jemals daran gedacht, dass sie doch im Keller sein könnte?« David biss von der Pizza ab. Sie hatten sich eine große Pizza aus der Stadt mitgenommen und aßen sie nun auf dem Balkon.

»Das ist Quatsch. Sie wurde nicht gefunden. Papa ist dort gewesen und die Polizei hat ebenfalls nochmal dort gesucht. Ich glaube sogar mit Spürhunden.«

»Okay, aber es gibt leider auch manchmal Fälle, in denen

die Hunde nicht anschlagen. Auch wenn das sehr selten vorkommt.«

»Ja, aber dort hätten sie bestimmt angeschlagen. Sie ist dort nicht.« Linda fragte sich, warum sie den letzten Satz mit so viel Nachdruck gesagt hatte. Wollte sie sich damit selbst überzeugen?

David deutete auf das letzte Stück Pizza und sah Linda fragend an. Sie schüttelte den Kopf. Er nahm es sich, rollte es zusammen und schob es ganz in seinen Mund.

»Bist du je im Keller gewesen?«, fragte er.

»Nein. Ich war immer artig. Lotte auch fast immer. Oder sagen wir eher, wir waren hörig.«

»Was meinst du damit?«

»Naja, überwiegend war unsere Mutter liebevoll. Aber wenn wir gegen ihr Verbot verstoßen hatten, schlug sie uns schon mal. Mal mehr, mal weniger stark. Lotte hat sich einmal im Badezimmer eingeschlossen, weil sie nicht wollte, dass Mama immer reinkam, wenn sie auf der Toilette saß. Das war in dem Bad oben. Du hast ja gesehen, dass diese Holzschiebetür so einen Riegel hat, den man zum Verschließen nutzen muss. Also kann man von außen die Tür nicht öffnen. Und Lotte hat den Riegel nicht wieder aufbekommen. Sie war am Weinen, Mama am Schreien und ich habe auch geheult, weil ich Angst hatte, dass wir Lotte nicht mehr aus dem Bad befreien könnten. Unser Vater war für zwei Tage auf Montage und Mama war total ungeschickt mit Werkzeug. Ich befürchte, dass hätte eh nicht funktioniert. Außer sie hätte die Tür mit einer Axt eingeschlagen.«

»Aber ihr hättet doch Hilfe rufen können.«

»Womit? Ein Telefon hatten wir nicht und Mama ließ uns nie allein zu Hause. Es dauerte lange, aber irgendwann schaffte Lotte es dann glücklicherweise doch. Ich weiß noch, dass ich ihr um den Hals fallen wollte, aber Mama schubste mich zur Seite, so dass ich auf den Boden fiel und mit dem Arm gegen den Schrank fiel. Und Lotte …«

Linda schloss die Augen, legte den Kopf in den Nacken und schüttelte ihn kurz. »Lotte wurde von Mama ins Kinderzimmer gezerrt und aufs Bett geschubst. Sie schrie Lotte an, sie solle sich keinen Zentimeter bewegen und rannte die Treppe hinunter. Kurz darauf kam sie wieder hoch. Und dann …« Ihr liefen Tränen über die Wangen.

David beugte sich vor und legte eine Hand auf Lindas Arm. »Du musst nicht weiterreden.«

Durch verschleierte Augen blickte sie David an. »Sie verprügelte Lotte mit dem Kochlöffel. Ich habe nie wieder jemanden so schreien gehört. Und glaub mir, ich schrie mit. Weil ich Angst um meine Schwester hatte. Und weil ich den Schmerz irgendwie auch gespürt habe. Mama hat mir dann auch noch Prügel angedroht, wenn ich nicht sofort aufhören würde zu heulen. Papa hat nie was davon erfahren. Sie drohte uns nämlich, dass sie uns in ein Heim für unartige und schwer erziehbare Kinder geben und wir Papa und sie dann nie wieder sehen würden, wenn wir es erzählten.« Lindas ganzer Körper zitterte nun. David war mit seinem Stuhl näher an sie herangerückt und schloss sie in seine Arme.

»Danke.« Linda nahm die Serviette, die David zuvor benutzt hatte, um sich nach dem Essen den Mund abzuwischen, und putzte sich die Nase. Ihre Tränen wischte sie mit dem

Handrücken weg. »Ich habe noch niemals irgendwem davon erzählt.«

David fröstelte, obwohl er sich noch vor wenigen Minuten der Hitze wegen am liebsten alle Klamotten vom Leib gerissen hätte. »Ich weiß, das klingt jetzt vielleicht hart, aber ich bin froh zu wissen, dass du nach Lottes Verschwinden nicht bei deiner Mutter aufgewachsen bist. Ich hoffe, den Kochlöffel hat sie nie wieder benutzt.«

Linda schüttelte den Kopf. »Nein, du hast schon recht. Wer weiß, wie sie mit mir umgegangen wäre.« Dass Lotte noch ein zweites Mal den Kochlöffel zu spüren bekommen hatte, verschwieg sie.

11

Deutschland, in der Eifel, 30. August 1992

Lotte klammerte sich mit beiden Händen an das Treppengeländer und stieg hinab. Immer erst beide Füße auf eine Stufe, bevor sie nach der nächsten suchte. Durch die Tür zu Papas Kellerraum schimmerte nur ein winziger Schein. Viel zu wenig, um ihr den Weg zu leuchten. Als sie endlich unten ankam, fiel ihr glücklicherweise ein, dass sich ein kleiner Abfluss durch den Keller zog. Sie war einmal mit Opa hier unten, um die Heizung anzumachen, und da hatte er ihr erklärt, dass es etwas mit der Toilette zu tun hätte. Kapiert hatte sie es allerdings nie. Sie schob ihre Füße in Mäuseschritten voran, damit sie rechtzeitig einen großen Schritt machen könnte, um nicht hineinzutreten.

Geschafft! Sie war auf der anderen Seite und lehnte ihren Kopf an die Holztür. Von drinnen kam kein Laut. Ob sie es wagen sollte, hineinzugehen?

Vielleicht war Papa gerade nicht dort. Immerhin hatte sie gesehen, dass das Garagentor geschlossen war, was vorhin noch nicht der Fall gewesen war.

Lotte drückte die Türklinke runter und zuckte zusammen, als es quietschte. Hoffentlich hörte man es oben in der Wohnung nicht. Sofort schüttelte sie den Kopf. Noch nie hatte sie es gehört, wenn Papa hier unten war.

In dem Raum lagen Papas Werkzeuge und seine Kleidung hing ordentlich auf einem Ständer. Lotte staunte. So viel

Werkzeug. Bis auf Schraubenzieher und Säge konnte sie nichts davon benennen. Eine Reihe aus Holz geschnitzter Tiere standen ebenfalls auf der Werkbank. Sie nahm einen Fuchs in die Hand und sah sich weiter um.

Ansonsten stand nur noch eine alte Vitrine in dem Raum, direkt neben einer weiteren Tür, die einen Spalt offen war. Sie zog fest daran. Wie dick und schwer diese Tür war! Als sie weit genug offen war, schlüpfte Lotte in den Nebenraum. Was sie sah, verschlug ihr den Atem. Sowas hatte sie noch nie gesehen!

12

Deutschland, in der Eifel, 8. September 2022

1

»Ich habe vorhin beim Bäcker die Dame mal gefragt, ob sie was von der Geschichte weiß, ich habe gesagt, ich sei ein Journalist, der alte Fälle untersucht. Da hat sie mir erzählt, dass deine Mutter seit einigen Jahren eine Wohnung in Gerolstein hat. Sie sagte noch was von betreutem Wohnen.« David legte Linda ein Brötchen auf den Teller. Während er unterwegs war, um Brötchen zu holen, hatte sie den Tisch auf dem Balkon gedeckt.

»Was?« Sofort krampfte sich in ihrem Bauch alles zusammen. Wie kam er nur darauf, von ihrer Mutter zu sprechen?

»Ich würde sie gerne besuchen. Die ganze Geschichte aus ihrer Sicht erfahren.«

»Was?« Sie klammerte sich an den Tisch. Wenn sie nicht gesessen hätte, wäre sie jetzt auf den Boden gefallen. Sie hat seit Jahren nichts von ihrer Mutter gehört, und war mittlerweile froh, keinerlei Kontakt mehr zu haben. Bis zu ihrem achtzehnten Geburtstag schien ihre Mutter es wie eine Pflicht angesehen zu haben, sich bei ihrer Tochter zu melden. So kam es Linda zumindest vor. Und obwohl sie selbst beim letzten Anruf darum bat, dass sie damit aufhören solle, weil Linda das restliche Jahr über auch nur Luft für sie sei, hatte es einige Jahre gedauert, bis Linda nicht mehr an ihrem Geburtstag und Weihnachten auf den Anruf gewartet hat.

»David, meine Mutter … Ich will nicht, dass du sie aufsuchst. Lass sie raus aus allem.« Linda nahm das Messer, um das Brötchen aufzuschneiden. Sie rutschte dabei ab. »Himmel, das ist total unscharf! Damit kann man ja nichts schneiden.«

»Das ist vielleicht gerade auch gut so.« David nahm ihr das Messer ab. »Sonst stichst du mich noch ab.«

Sekundenlang schauten sie sich an. Ihr ganzer Körper war angespannt. Dann sprang sie auf, rannte die Treppe hinunter und stoppte erst auf der Mitte der Wiese. Sie ließ sich ins hohe Gras fallen und ließ ihren Tränen freien Lauf.

Hörte der Schmerz denn niemals auf? Oder kam es jetzt gerade nur wieder hoch, weil sie in der Vergangenheit forschte? Aber was genau erhoffte sich David von ihrer Mutter? Linda wischte sich die Tränen weg.

Sie musste zugeben, dass ihre Mutter natürlich mehr über die ganze Zeit nach dem Verschwinden wusste. Einige Minuten verstrichen, bis sie aufstand und zu David zurückkehrte.

2

Auf ihrem Teller lag ein Brötchen mit Marmelade. Sie schmunzelte und gleichzeitig versetzte es ihr einen Stich. Schon viel zu lang war Linda Single. Ein Mann, der sich ihre Sorgen anhörte und der sich um sie kümmerte … Schade, dass David ihr Cousin war.

»Danke.«

»Es tut mir leid, Linda. Ich bin zu weit gegangen. Ich habe

kein Recht dazu, deine Mutter überhaupt anzusprechen.«

»Schon okay. Ich bin halt momentan zu empfindlich. Aber David, wenn sie etwas wüsste, dann hätte sie es doch längst gesagt. Oder?«

David schwieg. Sein Blick ruhte erst einen Moment auf Linda, dann sah er zum Wald hinüber. Seine Augen verengten sich.

Linda folgte seinem Blick. Sie schlug sich die Arme um den Oberkörper. »Ich habe die Tage schon gedacht, dass ich beobachtet werde. Du hast die Bewegung auch gesehen, oder?«

Anstatt zu antworten, stand er auf und lief die Treppe hinab.

»David? Wo willst du hin?«

»Komm!«

»Nein, komm noch mal hoch. Bitte.« Linda strich sich über die Arme. Bis vor wenigen Minuten war ihr warm gewesen, aber jetzt wünschte sie sich einen dicken Pulli herbei.

Sie wollte ebenso wie David wissen, wer sich hier im Wald aufhielt. Allerdings wollte sie nicht die Balkontür offen lassen. So konnte der Fremde jederzeit ins Haus gehen, wenn sie im Wald nach ihm suchten. David stimmte ihr zu.

3

Sie betraten den Wald an der Stelle, an der sie zuvor die Schattenbewegung wahrgenommen hatten. Damals, in Lindas Kindheit trennte ein Zaun Wald und Wiese. Nur noch wenige Pflöcke erinnerten daran. Der Nadelboden war zu weich und zu trocken, als dass man auch nur im Ansatz Spuren hätte sehen können.

»Wäre ich damals als Kind doch mal zu den Pfadfindern gegangen.« David lachte. Nach wenigen Metern blieb er stehen. »Das war eine blöde Idee. Wir finden hier niemals jemanden. Wenn hier wirklich jemand im Wald rumschleicht und uns beobachtet, wird er höllisch aufpassen, keine Spuren zu hinterlassen.«

»Naja, wenn hier wenigstens Büsche und Sträucher wachsen würden, dann könnten wir an abgeknickten Ästen etwas entdecken. Aber die gibt es erst dort hinten.« Linda zeigte in verschiedene Richtungen, in denen Sträucher zu sehen waren.

Aus der Ferne knackte es unnatürlich laut. Beide zuckten zusammen und versuchten die Richtung auszumachen, aus der das Geräusch kam.

»Psst!« Linda hielt David am Arm fest.

»Was ist?«

»Psst! Leise.«

Es klang, als würde jemand durch das Unterholz rennen.

»Also ein Wildschwein ist das nicht«, sagte Linda.

»Ich weiß nicht, ob mich das beruhigt.«

Nickend stimmte sie David zu. Sie wollte weder einem möglicherweise durchgeknallten Menschen noch einem Wildschwein begegnen. Früher als Kind hatte ihr Vater ihr erklärt, wie sie sich bei einer Wildtiersichtung verhalten sollte, aber das war viele Jahre her.

»Sollen wir lieber zurückgehen?«

Sie lauschte noch einmal, aber die Geräusche waren verklungen.

»Ja. Du wolltest doch eh zu meiner Mutter fahren.« Linda

ließ seinen Arm los und wandte sich ab.

»Linda, ich werde nicht fahren. Du hast schon recht, sie wird nichts wissen, was uns weiterhilft.«

»Das werden wir nur herausfinden, wenn du mit ihr gesprochen hast.«

»Bist du dir sicher?«

Linda atmete laut aus und nickte.

13

Deutschland, in der Eifel, 8. September 2022

1

David nestelte an seiner Ledertasche rum. Er warf einen letzten Blick auf sein Handy, bevor er aus dem Auto ausstieg und auf den Eingang des Gebäudes zuging, in dem Katrin Bauer lebte. Nachdem Linda ihre Zustimmung gegeben hatte, waren sie gemeinsam nach Gerolstein gefahren, um dort im örtlichen Schwimmbad zu duschen. Linda wollte ihrer Mutter unter keinen Umständen begegnen, und so fuhr David allein, um seine Tante zu besuchen. Er würde Linda später in der Stadt wieder einsammeln.

So ganz klar war ihm noch nicht, was er sich erhoffte. Was sollte sie ihm schon mitteilen? Wenn sie wüsste, wo ihre Tochter war, hätte sie es doch schon längst der Polizei mitgeteilt. Zumindest würde er so handeln …

Nach einem kurzen Gespräch mit einer Angestellten des Hauses erfuhr David, dass Katrin seit einigen Jahren ihre eigene Wohnung im »Haus des betreuten Wohnens« hatte. Sie bekäme beim Kochen Unterstützung, ansonsten käme sie gut allein klar. David hatte sich lediglich als Autor vorgestellt, der von Katrin die Erlaubnis haben wollte, über die Geschichte ihrer verschwundenen Tochter zu schreiben. Und mehr wollte er auch seiner Tante nicht sagen. Sein Anliegen war mehr über Lotte zu erfahren und nicht seiner Tante zu erklären, dass ihr eigener Bruder der Familie seinen eigenen Tod vorgetäuscht hatte. Je nachdem, wie das Gespräch mit Katrin verlaufen würde, könnte er es ihr zu einem späteren Zeitpunkt erzählen.

2

»Frau Bauer? Mein Name ist David Schütz.«

Katrin Bauer, eine schmale Frau mit fettigen, strähnigen Haaren, öffnete ihm die Tür und machte eine einladende Geste, ohne dass sie mehr über David erfuhr. Sie lief voraus ins Wohnzimmer.

»Schön, dass Sie endlich da sind. Ich habe schon auf Sie gewartet. Wollen Sie etwas zu trinken? Einen Kaffee vielleicht? Ach nein, die Maschine ist kaputt. Sie läuft nicht mehr. Oder können Sie sie wieder heil machen?«

David schloss die Tür hinter sich und folgte Katrin.

»Ähm, nein. Ich möchte keinen Kaffee. Aber ich kann mir die Maschine gerne später mal anschauen. Frau Bauer?«

»Dann ein Glas Wasser? Ist ja viel zu warm für Kaffee, richtig? Lieber ein Glas Wasser. Schön mit Sprudel. Das blubbert dann so lustig im Hals. Setzen Sie sich, ich bin gleich bei Ihnen.«

Während sie in die Küche lief, sah David sich in dem kleinen Raum um. Gemütlich war etwas anderes, aber es gab ein Sofa, einen Tisch und einen Fernseher. Alles aus einer längst vergangenen Zeit. Niemand würde sich heute noch seine Wohnung damit einrichten. Es erinnerte David an alte Bilder seiner Eltern aus den Siebzigern. Allerdings fehlte hier die typische Tapete. Nirgends war ein Bild zu sehen.

»Schön hab ich es hier, nicht wahr? Hier ist Ihr Wasser. Immer schön trinken, sagt die Bärbel immer zu mir. Bärbel ist die Frau, die mir meistens beim Essenmachen hilft. Aber diese Woche ist sie im Urlaub. In Kroatien, wissen Sie. Heute war die … die Frau … Mist! Ich habe den Namen vergessen! Das sollte mir nicht passieren, stimmt's? Davon hängt die Bewertung ab, oder?«

Endlich stoppte Katrin von selbst. David wollte ihr nur ungern ins Wort fallen. Er musterte ihr Gesicht und war sich nun selbst sicher, dass seine Mutter recht hatte. Katrin Bauer hatte die gleiche lange Nase und die gleichen harten Gesichtszüge wie sein Vater.

»Ich weiß es nicht. Um was für eine Bewertung geht es, Frau Bauer?«

»Setzen Sie sich doch erstmal. Hier …« Katrin klopfte auf den freien Platz neben sich. Der einzigen weiteren Sitzmöglichkeit.

Die Aussicht, sich auf das Sofa zu setzen, war nicht angenehm. Tatsächlich sah es verschlissener aus, als seine Schlafstätte im alten Haus. Weil Katrin nicht aufhörte, ihn anzustarren und auf den Sitz zu klopfen, setzte er sich.

»Wer sind Sie nochmal?«

»Mein Name ist David Schütz. Ich bin hier, weil ich gerne eine Geschichte schreiben möchte, über …« War es wirklich eine gute Idee gewesen, hierher zu kommen? Sollte er die arme Frau wirklich über Lotte ausfragen?

»Eine Geschichte schreiben? Dann sind sie nicht wegen der Bewertung hier. Das ist gut. Worüber möchten Sie eine

Geschichte schreiben? Ich wollte das früher auch mal machen. Als meine Babys noch klein waren, wollte ich eine Geschichte über ein verschwundenes Kind schreiben.« Katrin zupfte an einem Stück Stoff des Sofas. Die Armlehne bestand fast nur noch aus der Füllung.

David hielt die Luft an. Er hielt es für verrückt, dass eine junge Mutter über so etwas schreiben wollte. Ob sie es damals bereut hatte, Kinder zu bekommen? Und wollte sich somit eines Kindes entledigen? Immer unter dem Deckmantel, dass sie es lediglich schreiben wollte, aber sie nichts mit Lottes Verschwinden zu tun hätte? Die Luft wurde immer schlechter in dem Raum. Schweißperlen bildeten sich auf seiner Stirn.

»Frau Bauer, ich denke …«

Sie riss die Augen auf und legte sich einen Finger an die Lippen. Dann stand sie auf und fing an zu summen. Es klang, als würde eine Biene durch das Zimmer schwirren. Dann fing sie mit überraschend hoher Stimme an, ein Lied zu singen.

14

Deutschland, in der Eifel, 8. September 2022

1

»Lieschen, Lieschen, hab dich lieb,
Du bist meines Herzens Dieb.
Lieschen, Lieschen, du bist mein,
Schließ dich in mein Häuschen ein.

Lieschen, Lieschen hat dich bald,
Bist dann ganz in ihrer G`walt.
Lieschen, Lieschen hat dich jetzt …«

» … Bist mit rotem Blut benetzt«, vollendete Linda gleichzeitig mit dem Gesang ihrer Mutter den Reim. Fassungslos sah sie David an. Er hatte während des Besuchs bei Katrin Bauer die ganze Zeit sein Handy als Aufnahmegerät genutzt. Als Katrin das Lied beendet hatte, drehte sie sich zu David um und wusste nicht mehr, wer er war. Schnellstmöglich verließ er die Wohnung. Trotz der Schwüle empfand er die Luft draußen angenehmer als drinnen.

Sobald Linda zu ihm ins Auto gestiegen war, wollte er ihr die Aufnahme vorspielen. Erst war sie vehement dagegen. Die Stimme ihrer Mutter zu hören, würde bedeuten, sie wieder einen Schritt in ihr Leben zu lassen. David konnte sich gerne allein mit den Informationen auseinandersetzen, aber sie bitte da raushalten.

»Und wenn du versuchst, sie einfach nur als Zeugin zu sehen? Die wichtig ist, um deine Schwester zu finden?«

»Hat sie denn etwas gesagt, was uns weiterhelfen könnte?«

David hatte nur mit den Schultern gezuckt und auf sein Handy gestarrt.

Das Lied zu hören, versetzte Linda in ihre Kindheit zurück.

»Bist mit rotem Blut benetzt. Bist mit rotem Blut benetzt …« Linda starrte ins Leere. Erst als David sie an die Hand nahm, sah sie zu ihm auf.

»Das ist ein bisschen gruselig«, sagte er. »Was ist das für ein Lied?«

»Ich weiß nicht, woher es im Ursprung kam, aber irgendwann sang Mama es mir und Lotte vor. Und wir fanden es toll. Brr … und jetzt bekomme ich eine Gänsehaut. Aber als Kinder fanden wir auch die ganzen Märchen großartig.« Linda schüttelte sich. »Wir haben den ersten Teil des Liedes immer gesungen, wenn wir Fangen gespielt haben. Lieschen, Lieschen, fang mich doch, 50 Meter sind es noch. Lieschen, Lieschen, komm schnell her, Sonst siehst du mich nimmermehr.«

Linda erinnerte sich plötzlich daran, dass Lotte das Lied damals gesungen hatte, bevor sie sich hatte verstecken wollen.

»Ich glaube, das war das Letzte, was ich je von ihr gehört habe. Und ich habe sie auch noch doof genannt.«

Ihr ganzer Körper spannte sich an. Wenn sie nur noch einmal die Möglichkeit hätte, Lotte etwas zu sagen, dann wären es Worte der Liebe.

»Es muss unfassbar schmerzen. Wie oft hat man das schon gehört, dass Menschen im Streit auseinander gehen und dann ist einem davon was passiert«, sagte David.

Nickend stimmte Linda ihm zu. Mit einem Blick auf die Uhr bat sie David, wieder zum Haus zurückzufahren. Sie wollte ihm noch etwas zeigen.

2

Linda führte David wieder in Richtung Moorteich. Dieses Mal lief sie weiter, über die Lichtung wieder in den Wald hinein. Sie erzählte dabei von den schönen Erinnerungen, die sie an die Zeit mit Lotte hatte. Sie waren unzertrennlich gewesen. Obwohl beide auch ihre Freunde in der Schule hatten, genügten sie sich. In der Natur zu spielen und zu lachen, erfüllte sie mit großem Glück.

Einmal blieb Linda wie angewurzelt stehen und horchte. Ob die fremde Person sie gerade verfolgte?

Kurz darauf standen sie in einem alten kleinen Steinbruch, der bereits seit fünfzig Jahren nicht mehr genutzt wurde.

»Manchmal hat Papa uns mit hierher genommen. Mama war nie mit dabei. Ich weiß nicht, ob damals hier auch nach ihr gesucht wurde.«

»Wäre sie so weit allein gelaufen, um sich zu verstecken?«

»Nein. Wir durften uns vom Haus nur mit Papa oder Mama entfernen.«

Sie stieß mit ihren Füßen kleinere Steine zur Seite.

»Was die Leute hier alles so wegschmeißen. Einen Kochlöffel.« David hob ihn auf und fuchtelte damit in Lindas Richtung. Als sie einen Schritt zurück ging, entschuldigte er sich sofort dafür.

»Nein, es ist okay. Ich habe gerade irgendein komisches Gefühl. Ich kann es aber nicht beschreiben.« Sie drehte sich um und blickte mit zusammengekniffenen Augen in den Wald.

»Ist da was?« David war neben sie getreten.

»Was ist, wenn …« Ihre Augen füllten sich mit Tränen. »Was ist, wenn meine Mutter was damit zu tun hat?«

»Aber der Verdacht fiel doch gar nicht auf sie, sagtest du.«

»Ja, weil niemand, nicht einmal Papa, wusste, wie gewalttätig sie uns und vor allem Lotte gegenüber sein konnte.«

Linda nahm David den Kochlöffel aus der Hand.

»Lotte hat ihn noch ein zweites Mal zu spüren bekommen. Nur wenige Wochen vor dem Verschwinden.«

David riss die Augen auf.

»Eine Frau und ein Mann kamen den Weg zu unserem Haus, als wir gerade vorm Haus spielten. Sie fragten uns nach dem Weg zum Steinbruch. Wir kannten dank Papa eine Abkürzung direkt durch den Wald und nicht über die damals noch vorhandenen offiziellen kleinen Pfade. Lotte sagte das zu dem Paar und als diese fragten, ob sie es ihnen erklären könnte, schlug Lotte vor, sie dorthin zu begleiten. Sie sagte mir, ich solle Mama nichts davon erzählen, als ich zu Hause bleiben wollte. Papa war dann derjenige, der bemerkt hat, dass Lotte weg war, und ich stammelte nur rum. Papa rief Mama dazu und ich musste es ihnen sagen. Beide waren in heller Aufregung und Papa sagte zu Mama, sie solle sofort mit mir zur Polizei fahren, er würde schon mal durch den Wald zum Steinbruch laufen. Du kannst dir nicht vorstellen, wie froh ich war, dass Lotte in dem Moment aus dem Wald kam. Sie nannte mich dann sofort eine Petze. Natürlich haben Papa und Mama sie ausgeschimpft und ermahnt, das nie wieder zu tun. Schließlich haben sie uns schon tausendmal gesagt, dass wir nicht mit Fremden irgendwohin gehen sollten.«

Seufzend schlug Linda sich mit dem Kochlöffel in die Handfläche. »Und zwei Tage später, Papa war auf der Arbeit, kam Mama mit dem Kochlöffel ins Zimmer. Ich sollte rausgehen. Aber ich habe noch gehört, wie sie zu Lotte sagte, dass sei noch die Strafe, dass sie mit den Fremden mitgegangen sei. Lotte weinte, aber sie schrie nicht so wie beim ersten Mal. Mama sagte später noch zu ihr, dass sie nicht so stark wie beim ersten Mal geschlagen hätte, weil Lotte damals nämlich zwei Wochen nicht richtig beim Sport mitmachen konnte und es aufgefallen wäre. Aber wenn Lotte noch einmal so einen Quatsch machen würde, würde sie ihr blaues Wunder erleben. Und dann schwenkte Mama wieder in ihren liebevollen Modus um.«

»Wow. Ich bin geschockt. Kein Wunder, dass ihr euch nie in den Keller getraut habt. Bei so einer Mutter hätte ich das wohl auch nicht riskiert.«

Linda lachte verhalten. »Lotte hat doch trotzdem immer wieder mal Verbote umgangen. Oh mein Gott! David, nein, nein!« Linda fuhr es eiskalt den Rücken hinunter. Sie ließ den Kochlöffel fallen und raufte sich die Haare. Gerade als David sie an der Schulter fassen wollte, fiel sie auf die Knie und schlug sich die Hände vor den Mund.

»Was ist, wenn …?«

15

Deutschland, in der Eifel, 8. September 2022

1

Draußen war es bereits stockdunkel. Der Himmel war wolkenverhangen. Hoffentlich kam nun endlich der ersehnte Regen. Die Schwüle war nicht mehr auszuhalten. David erinnerte sich an den Sturm und Regen, den er noch vor wenigen Tagen in England erlebt hatte. Es kam ihm vor, als sei es Monate her. Nicht nur der Hitze wegen, sondern auch wegen der Situation, in die er sich hier begeben hatte. Er saß auf der Couch und öffnete sein Notizbuch, in dem er eigentlich alles festhalten wollte. Aber ihm war klar, dass all die Eindrücke nie wieder aus seinem Kopf verschwinden würden.

Es war harter Tobak, den Linda ihm erzählte. Als er die Zeitungsberichte gefunden hatte, dachte er an einen einfachen Cold Case, aber dass dahinter vielleicht eine Familientragödie stecken könnte, war ihm nicht in den Sinn gekommen. Schon gar nicht, als Linda ihm am Steinbruch von dem Vorfall mit dem fremden Paar berichtete.

Linda hatte wie ein Häufchen Elend am Boden gesessen. David ließ sich neben ihr nieder und zog sie in seine Arme.

»Als du gerade gesagt hast, dass du bei so einer Mutter auch nichts riskiert hättest, fiel mir ein, was Lotte damals noch gesagt hat, bevor sie sich versteckte. Ich weiß nicht, warum ich es damals zu ihr sagte, aber ich erwähnte, dass wir nicht in den Keller dürften. Und sie sagte, dass wir nie was riskieren würden, wenn wir immer auf unsere Eltern hören würden. David, was ist, wenn meine Mutter sie erwischt und wieder verprügelt hat und dabei etwas passiert ist?«

»Du meinst also, dass deine Eltern beide wussten, was passiert war, und sie es geheimgehalten haben?« Sollte er mit seinen Vermutungen, die schon sehr belastend waren, recht haben? In seinem Bauch zog sich alles zusammen. Vor wenigen Minuten hatte er sich schon darauf gefreut, später Nudeln zu essen. In diesem Moment war ihm klar, dass er nichts mehr runterbekommen würde.

»Vielleicht beide. Aber vielleicht auch nur Mama. Ich erinnere mich. Sie hatte einen Kratzer, als ich sie sah. Angeblich war ihr das selbst passiert.«

»Okay, aber wo soll sie dann gewesen sein? Wenn du sagst, sie wäre im Keller nicht gefunden worden? Die Polizei wird doch bestimmt auch dort gesucht haben und sich nicht nur auf die Aussage deiner Eltern verlassen haben, oder?«

»Ich weiß es nicht.« Linda setzte sich auf und sah David an. »Aber vielleicht hast du recht und mein Vater steckt doch auch mit drin und hat Lotte dann irgendwohin gebracht.«

Himmel, über was redeten sie nur? Konnten Eltern wirklich so abgebrüht sein und ihr Kind verschwinden lassen? Er dachte an einige der bekannten True-Crime-Fälle. Dieser hier war zwar nicht bekannt, aber dafür umso persönlicher.

Hatte Stanley mit dem Öffnen der Kiste die Büchse der Pandora geöffnet?

2

In der Ferne fing es an zu donnern und die ersten Regentropfen klopften an die Scheibe. David stand auf, öffnete die Balkontür und trat hinaus. Auch wenn die Feuchtigkeit die Wärme gerade noch unerträglicher machte, so genoss er die Tropfen auf seiner Haut. Es blitzte.

David schüttelte seinen Kopf. Nein, seine Augen spielten ihm sicher nur einen Streich. Sicherlich stand bei dem Wetter niemand am Waldrand, um das Haus zu beobachten. Aber allein der Gedanke veranlasste ihn, wieder ins Haus zurückzukehren. Mit mehr Druck als notwendig schloss er die Tür.

Mit den nassen Klamotten legte er sich auf die Couch und schloss die Augen. Irgendwo im Haus fiel etwas zu Boden. Kälte kroch in ihm hoch. Der Keller … Das Geräusch musste aus dem Keller kommen. David stand auf, nahm sich den Besen, der an der Küchenzeile lehnte, und verkeilte damit die Kellertür. Nur für den Fall, dass sich dort unten der Fremde eingenistet hatte. Er wusste nämlich nicht, ob das Garagentor und die Tür, die vom hinteren Garten aus in den Keller führte, abgeschlossen war.

16

Deutschland, in der Eifel, 8. September 2022

Linda lag auf ihrer Isomatte und lauschte dem Regen. Die Geräusche aus dem Haus versuchte sie zu ignorieren. Es war bestimmt nur David, der umherlief.

Vor einigen Jahren hatte Linda etwas über überlebende Zwillinge gelesen. Und damit war nicht gemeint, wie in ihrem Fall, dass das Geschwisterkind im Laufe des Lebens verstarb oder verschwand, sondern dass die Mutter eigentlich mit Zwillingen schwanger war, aber eines der Föten in sehr frühem Stadium verlor. Es gab Menschen, die sogar äußere Merkmale und Hinweise in ihrem Körper hatten, die auf einen solchen Zwilling hindeuteten.

Erst war es eine verstörende Vorstellung für Linda gewesen, aber es gab da eine Sache, die sie nicht mehr loslies. Was war, wenn all das, was sie in all den Jahren erlebt hatte, nur eine Lüge war? Wenn es Lotte nie gegeben hatte. Wenn sie nur ein Konstrukt in ihrem Kopf gewesen war? Hieß es nicht immer, dass Kinder eine besondere Gabe hatten und mehr sahen als Erwachsene? Vielleicht war Lotte immer tot gewesen, aber Linda hatte sie sehen und fühlen können. Bis zum Tag ihres Verschwindens. Aber was wäre dann passiert, dass die Verbindung zwischen den Schwestern plötzlich abgerissen ist? Nein, das war alles nicht möglich. Linda hatte jedoch einige Tage mit den Gedanken zu kämpfen. Sie sprach mit niemandem darüber. Denn sie selbst gestand sich ein, dass dann alles Spätere, die Suche nach Lotte, die Entwicklung ihrer Eltern dann nur Einbildung gewesen wären, was bedeuten würde, sie, Linda, hätte nicht alle Tassen im Schrank. So würden viele Leute sie wohl bezeichnen. Wäre sie dann schizophren?

Jetzt in dem alten Haus zu sitzen und die alten Gefühle von Nähe und Geborgenheit zu Lotte zu spüren, machten ihr plötzlich Angst. Was ist, wenn auch jetzt wieder alles nur eine Erfindung ihrer Vorstellung war?

Hatte es Lotte gegeben? Natürlich, sie war sich im Klaren darüber, dass Lotte älter war als sie. Ein ganzes Jahr. Also konnte es nicht sein, dass sie ein überlebender Zwilling war.

Außerdem gab es Fotos von ihr und Lotte. Und trotzdem zweifelte Linda immer wieder an ihrem Verstand.

»Verdammt noch mal, Lotte! Warum bist du nur verschwunden? Ich habe das Gefühl, ich werde verrückt. Es hat dich gegeben. Oder?«

Sie stand auf und trat ans Fenster. Unten am Pflaumenbaum glaubte sie für eine Sekunde einen Schatten gesehen zu haben. Von einem Mädchen, das dort saß. Doch schon im nächsten Augenblick war es weg.

»Lotte, bitte gib mir ein Zeichen. Bitte sag mir, wie ich …« Sie schloss die Augen, ließ die Tränen laufen und zählte still bis zehn. Dann atmete sie laut aus. »Ich denke, was ich tun muss, ist, dich loszulassen. Am leichtesten würde mir das wohl fallen, wenn ich dich endlich finde.«

Ein klirrendes Geräusch erklang aus dem Garten. Als würde ein Metalleimer gegen die Metalltür zum Keller knallen.

Der Keller … Dieses Ungeheuer, dem sie nie begegnet war. Wie oft wollte sie als Kind gerne die Stufen hinuntersteigen und sehen, was Mama vor ihr und Lotte verbergen wollte. Allerdings war ihre Angst vor Mamas Wutausbruch zu groß gewesen.

Linda lehnte sich so weit es möglich war aus dem Fenster, aber sehen konnte sie nichts.

Bevor sie sich schlafen legte, beschloss sie, dass es endlich an der Zeit war, über das Verbot hinwegzugehen. Schließlich war sie alt genug und ihre Mutter konnte ihr schon lange nichts mehr verbieten.

17

Deutschland, in der Eifel, 9. September 2022

1

David war überrascht, als Linda ihn am nächsten Morgen mit den Worten »Wir gehen jetzt in den Keller« weckte. Nach einem schnellen Frühstück holte Linda aus ihrem Auto eine Taschenlampe. Zuerst versuchten sie, das Garagentor zu öffnen, aber ihr Vater hatte es damals abgeschlossen, als er das Haus verlassen hatte. Da Linda außer dem Haustür- und Briefkastenschlüssel keinen weiteren hatte, ließen sie die Tür vom Garten her direkt außer Acht.

Linda atmete tief durch und knipste die Taschenlampe an. Sie ging voran.

»Dort vorne geht es in die Waschküche und zur Garage. Oh, pass hier auf.« Sie lachte, als sie sah, dass David bereits die Spinnennetze mit seinen Haaren eingesammelt hatte. Ihre Warnung kam zu spät. »Wie gut, dass ich einen Kopf kleiner bin als du.«

»Prima … Ich hoffe, dass es nachher wieder regnet, damit ich mir diesen Mist aus den Haaren waschen kann.« Es gelang David nur schwer, dem Drang nachzugeben, sich über den Kopf zu streichen.

»Okay, hier stehen nur die alte Waschmaschine und der Trockner.«

»Hier ist sogar noch Wäsche im Trockner. Schau mal …«

David zog einen grauen Männerpullover heraus. Vorsichtig, als würde er unter ihrer Berührung zu Staub verfallen, nahm Linda das Kleidungsstück und gab David die Lampe. Obwohl der Pulli vergammelt roch, vergrub sie ihr Gesicht darin. »Papa …« Sie erinnerte sich, dass ihr Vater diesen Pulli immer getragen hatte, sobald es draußen kalt wurde. Das war dann immer die Zeit, in der er den Schwestern abends gruselige Geschichten erzählte, was ihre Mutter gar nicht schätzte. Aber Linda und Lotte wussten, dass alles nur erfunden war, und außerdem konnte ihnen in Papas Armen nichts passieren.

Linda band sich den Pulli um die Hüften. Sie hoffte, dass der Geruch mit dem nächsten Waschgang verschwinden würde. Und selbst wenn nicht, sie würde den Pulli behalten.

In der Garage stand zur Verwunderung beider noch ein altes Auto. Linda erinnerte sich nicht, den alten dunkelblauen Kadett jemals gesehen zu haben.

»Papa fuhr zwar einen blauen Wagen, aber der war ganz anders. Und Mamas Auto war so ein ganz kleines, rotes. Sorry, aber ich kenn mich nicht mit den Marken aus.«

Nachdem sie keinerlei Hinweise im Auto fanden – es hatte auch keine Nummernschilder – wollten sie gerade zurück zum hinteren Kellerteil gehen, als sie Geräusche von der Tür her hörten.

»War das die Tür zum Garten?« David senkte seine Stimme.

»Ja. Das klang, als würde jemand die Klinke runterdrücken, oder nicht?«

David nickte. »Aber die Tür ist doch abgeschlossen. Also das hoffe ich jetzt mal ganz stark.«

David wies Linda an, hinter ihm zu bleiben. Die Tür blieb zu, und als er zu ihr hin leuchtete, war beiden klar, dass seit vielen Jahren niemand mehr durch diese Tür hereingekommen war. Viele Spinnenweben hingen vor der gesamten Tür und außerdem war die Tür von innen mit einem Riegel verschlossen.

Die beiden blickten auch in den kleinen Raum, der einen alten Ölheizofen beinhaltete. Wenn David nicht überall hingeleuchtet hätte, wäre ihnen nicht aufgefallen, dass unter der Treppe noch ein Weg zu dem Raum abzweigte.

Ein weiterer Raum war bis auf einen umgefallenen Eimer leer.

»Interessant, dass hier alles so betoniert ist. Frag mich nicht, aber ich dachte, hier würden nur karge Steine zu sehen sein.« David lachte.

»Kalt!«

Beide blieben wie erstarrt stehen.

»Hast du das auch gehört? Linda, da hat gerade jemand etwas gesagt.«

»Ja, ich habe es auch gehört. Es klang wie ein kleines Mädchen.« Es war ihr egal, dass der Pulli stank. Aber ihr war gerade einfach nur kalt. Sie war froh, dass David es auch gehört hatte, sonst würde sie wieder an ihrem Verstand zweifeln. Wie war das nur möglich? Sie waren definitiv allein im Haus und die Stimme war so deutlich, als wäre jemand mit ihnen im Raum.

»So langsam glaube ich, dass es hier spukt. Vielleicht will uns deine Schwester auf etwas aufmerksam machen.«

Wie sehr Linda sich genau das wünschte, verschwieg sie.

Der letzte Raum war mit einem Vorhängeschloss gesichert. Die Holztür war trotz ihres Alters sehr stabil und wies kaum Verfall auf.

»Du hast nicht zufälligerweise einen Schlüssel zu den Gemächern deines Vaters?«

»Woher kennst du so ein Wort? Ich bin sowieso stark beeindruckt, wie gut dein Deutsch ist. Du sagtest zwar, deine Mutter spricht überwiegend auf Deutsch mit dir, aber ein Wort wie Gemächer ist nun nicht so typisch in der heutigen Zeit.« Linda wich ein paar Schritte zurück. Ihr kam ein unbehaglicher Gedanke. Was wäre, wenn David etwas über damals wusste und mit der fremden Person draußen verbündet war? Wenn David ihr Sicherheit vorgaukeln sollte, vor … Sie wusste nicht weiter. Außerdem hatte sie jetzt eh keine andere Wahl, als mit ihm hier weiterzusuchen. Sie drückte ihren Rücken durch. Sie wollte ihre Schwester finden. Um jeden Preis.

»Vielleicht gibt es den Schlüssel hier irgendwo. Aber ich habe keine Ahnung. Haben wir eine andere Möglichkeit, die Tür zu öffnen?«

David überlegte einen Moment. »Wenn es ein normales Schloss wäre, könnte ich es mit den richtigen Drähten knacken. Aber …«

»Was? Wieso kannst du Schlösser knacken?«

»In meinem ersten Buch bricht ein Kerl in Häuser ein. Und weil ich gerne ausprobiere, was meine Charaktere können, habe ich mich damit beschäftigt. Wir bräuchten etwas Stabiles, damit wir das Holz zerstören können. Die Taschenlampe würde sich eignen. Aber …«

»Untersteh dich! Dann stehen wir gleich im Dunkeln. Was

ist mit dem Schürhaken?«

»Ja, das könnte klappen. Wir müssen nur diese Holzlatten zu Bruch bekommen, damit wir hindurchkommen.«

2

Eine Viertelstunde später kletterte Linda als Erste in den Raum, der voll mit alten Sachen war. Auf der linken Raumseite stand eine Werkbank, die zu Lindas großer Verwunderung mit unzähligen kleinen geschnitzten Tieren vollgestellt war. Wegen des Werkzeugs – viele unterschiedliche Schnitzeisen – ging Linda davon aus, dass ihr Vater diese hergestellt hat. Sie wusste nichts von seiner kreativen Seite. So wie sie generell viel zu wenig über ihn wusste.

An der Wand hing neben seiner Arbeitskleidung auch eine alte Flinte. Der Anblick bereitete ihr Unbehagen. Ein weiterer Punkt, den sie ihrer Liste »Was ich über Papa nicht weiß« hinzufügen konnte. Sie hoffte, dass er das Gewehr niemals benutzt hatte.

Während an der Seite gegenüber der Tür ein antiker Buffetschrank stand, waren rechts an der Wand alte Lattenroste und Bettgestelle aufgestellt. Über einem der Bretter hing ein Schal.

Linda erkannte ihn sofort. Sofort hörte sie ihre Mutter, wie sie sie nach dem Verbleib ihres Schals fragte.

»David, der hat Mama gehört. Und …« Ihre Stimme fing an zu zittern. »Und den hat sie am Tag von Lindas Verschwinden vermisst.«

David nahm den Schal in die Hand und leuchtete ihn an.

Auch wenn das Licht eher schummrig war, sah er sofort einen dunkleren Fleck.

»Oh Gott, ist das Blut?« Linda schlug sich eine Hand vor den Mund. David zuckte mit den Schultern. Die Vermutung lag nahe.

Auf dem Schrank lag ein Buch. Staub wirbelte auf, als David es in die Hand nahm und aufschlug.

»Linda, schau mal. Ein Tagebuch. Hier steht der Name deines Vaters.«

Ohne groß zu zögern, entriss Linda ihm das Buch und trat in den Flur hinaus. »Komm, das schauen wir uns oben genauer an. Hier finden wir sowieso nichts mehr.«

18

Deutschland, in der Eifel, 9. September 2022

1

Der Spätsommer hatte endlich entschieden, seine dunkle Seite zu zeigen. Es regnete ohne Unterlass. David war sehr froh darüber. Nicht nur, weil es sich endlich drastisch abgekühlt hatte, sondern auch, damit Linda sein Herz nicht so laut schlagen hören konnte. Wobei das vermutlich gar nicht möglich war. Er kannte sich selbst nicht so. Seine Hände spielten in einer Tour mit dem Kugelschreiber und seine Füße wippten. Er hoffte sehr, in dem Tagebuch nun endlich Antworten zu finden. Allerdings war er zwischen seinen Gefühlen hin und her gerissen. Einerseits wünschte er sich für Linda, dass nun alles aufgeklärt werden und gut enden würde. Dass Lotte irgendwo anders leben würde. Andererseits wünschte sich der Thrillerautor in ihm eine gute Story.

Linda wollte sich gerade neben ihn setzen, als es an der Tür klopfte. Linda verkrampfte sich und auch David wurde unwohl. Er stand jedoch als Erster auf. Schon von weitem sah er, wer dort vor der Tür stand.

»Linda, wo ist der Haustürschlüssel? Es ist die Polizei.«

»Was? Was wollen die denn hier?« Sie holte den Schlüssel aus ihrer Hosentasche und schloss auf. »Guten Tag, wie können wir Ihnen behilflich sein?«

»Guten Tag, ich glaube, es handelt sich hier um ein

Missverständis, schließlich haben Sie einen Schlüssel für das Haus. Sind Sie …« Der kleinere der beiden Polizisten stockte. »Linda Bauer?«

»Wer will das wissen?« David legte, von einem plötzlichen Beschützerinstinkt getrieben, einen Arm um Linda.

»Kristof Udolph.«

Linda nickte. »Ja, du warst mit Lotte in einer Klasse, richtig? Deine Eltern hatten den Bauernhof bei Büdesheim.«

Kristof nickte und wies seinen Kollegen an, schon mal zum Auto zurückzugehen, er würde gleich nachkommen.

Er erklärte, dass sein Bruder gerne hier in der Gegend umherstreifte und ihn gebeten hatte, nachzuschauen, wer sich in dem alten Haus aufhalten würde.

»Dein Bruder? Johannes, oder?«, fragte Linda und wieder nickte der Polizist.

David atmete durch. »Gut, also kein Verrückter, der uns nachstellen wollte.«

»Willst du hier wieder einziehen oder machst du das Haus für den Verkauf fertig?«

»Ähm … Darüber habe ich noch nicht wirklich nachgedacht, erstmal möchte ich schauen, was hier überhaupt gemacht werden muss«, antwortete Linda ausweichend.

»Alles gut, dann sind wir auch schon wieder weg. Entschuldigt die Störung.« Kristof hielt sich eine Hand zum Gruß an den Kopf. »Schönen Tag noch!«

2

Endlich schlug Linda das Tagebuch auf. Torsten Bauer – 1992 stand dort auf dem Deckblatt geschrieben. David fiel sofort die schöne Handschrift auf. Sie wirkte eher weiblich und passte so gar nicht zu einem Forstarbeiter, der mit Frau und Kindern mitten im Wald wohnte. Sofort schüttelte er den Kopf, um dieses Schubladendenken zu verabschieden.

Es war ein eigenartiges Tagebuch. Neben den Daten standen auf den ersten Seiten nur sehr wenige Stichworte, wie

Note 4 und nicht nochmal

Ja. Wiederholung gewünscht

Neues Teil, hübsch anzusehen

Ganz schön feurig

So ist es großartig

Allein ist es schöner

»Was hat er denn hier bewertet?« Linda kratzte sich am Kopf.

»Vielleicht seine geschnitzten Werke.«

»Ja, das ist möglich.«

Den weiteren Gedanken sprach David lieber nicht aus. Er wusste selbst, wie ekelig die Vorstellung war, dass die eigenen Eltern Sex hatten, und er hätte auch nicht wissen wollen, wie sein Vater die verschiedenen Stellungen mit seiner Mutter benotet hätte.

Hin und wieder schrieb Torsten Bauer über Dinge im Wald. An den Geburtstagen seiner Töchter standen ihre Namen und eine linkische Zeichnung einer Torte war abgebildet.

Je näher sie dem Datum von Lottes Verschwinden kamen,

desto aufgeregter wurde er. Seine Hände wurden richtig schwitzig.

Nur noch zwei Tage. Hoffentlich stand mehr darin.

Jetzt! David musste sich zusammenreißen, Linda nicht das Buch aus den Händen zu reißen.

»Unfassbar! Wie konnte das passieren? Was soll ich nur machen? Okay, es geht nicht anders. Ich muss sie mindestens bis morgen da drinnen lassen«, las Linda vor. »Das klingt, als hätte er Lotte irgendwo eingesperrt!«

»Ja, aber wo? Sonst steht da echt nichts mehr?«

»Nein.« Sie blätterte weiter.

Über die nächsten Seiten hatte er jeweils nur ein Wort geschrieben. Daraus ergab sich: Begraben – Sie wollte sich verstecken. Unterm Bett.

Danach folgte der Spruch, dass Zeit keine Wunden heilt. Hier hatte Torsten einen anderen Stift benutzt und die Schrift war härter als vorher.

Hinten im Buch befanden sich noch ein Foto und ein Briefumschlag. Das Foto zeigte zwei Männer in grüner Arbeitskleidung.

»Der hier war mein Papa.« Mit ihrem Zeigefinger fuhr sie ihm über das Gesicht.

»Wer ist der andere Mann?«

»Keine Ahnung. Und jetzt frag mich bitte nicht, wo das Bild entstanden ist. Da sind nur Bäume zu sehen. Kann hier überall im Wald gewesen sein, oder ganz woanders.«

David drehte den Briefumschlag um. *Für meine Linda* stand darauf.

»Der ist für dich.« Er gab ihn Linda und stand auf. »Ich lass dich damit allein. Okay?«

Ihre Hände zitterten. »Nein … Du kannst ruhig bleiben.«

»Nein, nein. Ich muss eh mal kurz pinkeln.« David öffnete die Balkontür und trat in den Regen hinaus.

19

Deutschland, in der Eifel, 30. August 1992

Der Raum war in ein rotes Licht getaucht. Lichterketten hingen an den Wänden. Ein Bett, wie Lotte es nur in einem Film gesehen hatte, stand mitten im Raum. Es hatte an den Ecken jeweils hohe Pfeiler, von denen ein tiefrotes Tuch hing. Auf dem Bett war ein rosa Laken. Kissen türmten sich am Kopfende auf. Eine Decke fehlte allerdings. Es roch lieblich in dem Raum. Und was waren das nur für seltsame Sachen, die auf dem Schrank lagen? Lotte ging näher ran.

Lange dicke Stäbe, mit einer Farbe wie die ihrer Haut. Sie stellte den geschnitzten Fuchs auf den Schrank und nahm einen dieser Stäbe in die Hand. Handschellen lagen dort ebenfalls, auf einem hellen Tuch. Ein dunkler, flauschiger Schal und Stricke hingen an der Wand.

Lotte fragte sich, was ihr Vater hier tat. Warum war hier ein Bett? Schlief hier manchmal ein Gast? Aber sie hatte hier noch nie jemanden gesehen. Allerdings war sie sich sicher, dass, wenn sie hier erwischt würde, es mächtigen Ärger gäbe. Sie wollte gerade den Rückzug antreten, als sie die Holztür quietschen hörte. Sie legte den Stab schnell auf den Schrank zurück, aber es gelang ihr nicht mehr, sich unter dem Bett zu verstecken.

»Was zum Teufel tust du hier?« Noch nie hatte sie ihren Vater so wütend erlebt. Er zog die schwere Tür hinter sich zu und hob Lotte ruckartig auf die Beine. Sie schrie auf. Er grub seine Finger tief in ihren Oberarm. Lotte versuchte sich aus dem Griff zu winden.

»Ich habe dich etwas gefragt? Rede!«

Es war Lotte unmöglich zu antworten, sie gab nur keuchende Laute von sich. Als sie Papas Faust sah, wollte sie schnell ihren Kopf wegdrehen. Aber ihr Vater war schneller und traf sie mitten im Gesicht. Die Nase brach und Blut tropfte heraus. Dann schmiss er sie aufs Bett und näherte sich ihr mit seinem Gesicht. Er sah aus wie ein zähnefletschendes Biest. Lotte weinte, drückte sich Mamas Schal gegen die blutende Nase und atmete schwer.

»Wenn du mir nicht sofort antwortest, verprügle ich dich so, dass du deines Lebens nicht mehr froh wirst!«

Sie schluchzte, verschluckte sich, hustete und schmeckte Blut in ihrem Mund. Ihr tat alles weh. Und Papa schüttelte sie immer weiter.

Immer wieder fragte er, was sie hier wollte. Lotte versuchte erneut zu sprechen, aber es sammelte sich nur noch mehr Blut.

Es dauerte eine ganze Weile, bis Papa von ihr abließ. Er setzte sich neben sie und vergrub sein Gesicht in den Händen.

Irgendwann gelang es Lotte, endlich auf Papas Frage zu antworten. Ihre Stimme war ganz leise.

»Ich habe mit Linda Verstecken gespielt.«

20

Deutschland, in der Eifel, 9. September 2022

Als David zurückkam, stand Linda auf. Trotz tränenverschmierten Gesichts sah sie David aufgeregt an.

»Ich weiß, wo wir suchen müssen.«

»Was? Nach Lotte? Hat er es dir in dem Brief geschrieben?« David wechselte sein nasses T-Shirt gegen ein neues und trocknete sich mit einem Taschentuch das Gesicht ab.

»Nein, aber er schrieb, dass er mir was erzählen möchte. Was damals passiert sei. Und schreiben sei nicht sein Ding. Er hätte es aufgenommen. Komm mit!« Sie nahm David bei der Hand und zog ihn hinter sich her die Treppe hinauf. Sie betraten den Raum mit den vielen Kartons.

»Papa hat gerne irgendwas auf Kassetten aufgenommen. Ich könnte mir vorstellen, dass die alle hier in den Kisten sind.«

»Ich habe gerade ein Déjà-vu.« David grinste und erzählte Linda von den Kartons seiner Mutter. »Am liebsten hätte ich alles einfach weggeschmissen.«

»Ich vermute mal, dass ich genau das machen werde. Aber erst, wenn wir die Kassette gefunden haben.«

In den nächsten Stunden durchforsteten sie alle Kartons. Torsten hatte hier sämtliches Spielzeug der Mädchen, Bücher, Videokassetten, Kleidung, Geschirr und Zeitschriften abgestellt. Linda spürte beim Anblick der Spielsachen wieder die Tränen aufsteigen. Sie nahm jedes einzelne Teil aus den

Kartons, um auszuschließen, dass sich die gesuchte Kassette darin befand. Nach dem fünften Stofftier, das ihr Erinnerungen bescherte, öffnete Linda das Fenster und warf die Tiere hinunter.

»Was machst du denn da?« David sprang auf und wollte sie aufhalten.

»Nein. Lass mich, bitte. David, ich will das hier alles nicht. Es zerreißt mir gerade das Herz, es reißt Wunden auf, die ich über die ganzen Jahre geschlossen hatte. Ich möchte mich jetzt wirklich von allem verabschieden. Weil …« Sie suchte nach den richtigen Worten. »Weil ich leben will. Ich denke, dass ich hierher gekommen bin, nicht um dir eine Geschichte zu liefern oder um endlich mehr Licht in diese tragische Vergangenheit zu bringen, sondern, damit ich endlich abschließen kann. Und tatsächlich weiß ich gerade, dass ich es schon viel früher hätte machen sollen. Aber ich hatte Angst vor meinen Gefühlen. Davor zu viel zu heulen. Und ja – ich habe in den letzten Tagen viel geheult. Ich hatte Angst, herauszufinden, dass ich verrückt bin und es Lotte nie gegeben hat. Angst vor allem möglichen.«

Sie stockte. An der gegenüberliegenden Wand direkt am Durchgang zum ehemaligen Esszimmer ihrer Großeltern, glaubte sie ein Kind in Schattengestalt gesehen zu haben. »Ich weiß jetzt, dass ich nicht verrückt bin, aber dass etwas Schlimmes passiert sein muss. Sie ist tot. Das ist klar. Das geht schon aus Papas Tagebuch hervor. Vielleicht finden wir auch noch heraus, was passiert ist. Aber ganz ehrlich, das ist gar nicht mehr wichtig. Ich wollte wissen, ob sie lebt oder tot ist. Wir suchen jetzt nach der Kassette. Für dich. Damit du dein Buch schreiben kannst, ohne dir zu viel aus den Fingern zu saugen. Ansonsten darf alles verschwinden. Also bitte mach es mir nach und schmeiß alles einfach aus dem Fenster, was keine Kassette ist. Und vielleicht auch keine Videokassette, auf der man selbst aufnehmen konnte. Eventuell findest du dann darauf noch etwas, was du mit in deine Geschichte aufnehmen möchtest. Ich brauche all das hier nicht mehr. Einfach raus damit, ist doch einfach. Dann ist es schon draußen und wir brauchen morgen nur noch die Müllabfuhr informieren.« Erleichtert atmete sie aus. So selbstbestimmt hatte sie sich selten gefühlt. Sie griff nach ihrer Kette und spürte für eine Sekunde sogar das Verlangen, diese abzureißen und auch aus dem Fenster zu werfen.

Während Linda jedes Teil einzeln rausschmiss, sammelte David zuerst alles in einem Karton und warf diesen dann hinaus. Als er allerdings unten beim Aufprall zersprang und Linda daraufhin in Lachen ausbrach, tat er es ihr schließlich gleich.

Am Ende blieb ein Karton übrig, der in der hintersten Ecke stand. Darin befanden sich tatsächlich endlich Kassetten.

»Ein Scherzkeks war er aber schon, oder? Sie so zu verstecken …«

Linda zuckte mit den Schultern. Sie hatte zwar guten Kontakt zu ihrem Vater gehabt, er war immer liebevoll zu ihr, aber hatten sie viel miteinander gelacht? Nein. Er war immer sehr melancholisch gewesen. Sie schüttete den Karton aus.

»Okay, das sind schätzungsweise hundert Stück. Wie finden wir jetzt heraus, welche es ist?«

»Ganz einfach.« Linda hielt einigen Kassette hoch. Auf den

jeweiligen Aufklebern standen in Torstens sauberer Handschrift Daten drauf.

»Unglaublich! David! Hier. 2012. Jetzt brauchen wir nur noch einen Kassettenspieler.«

21

Deutschland, in der Eifel, 9. September 2022 abends in Gerolstein

Linda genoss das warme Wasser und wollte gar nicht aus der Dusche steigen. Endlich konnte sie den Dreck des Tages loswerden und mit ihm auch einige alte Gedanken, die nicht länger Teil ihres Lebens sein sollten. Für diese Nacht hatten die beiden beschlossen, in einem Hotel zu schlafen. Es wurde sowieso Zeit, die Powerbanks wieder aufzuladen, und für den Kassettenspieler brauchten sie auch Strom. Als sie im Hotel ankamen, suchte David auf einer Kleinanzeigenseite sofort nach einem tragbaren Gerät und wurde schnell fündig. Sie hatten Glück, und David konnte es sofort abholen.

Nachdem Linda in ihre letzte saubere Kleidung geschlüpft war, rief sie Kira an. David würde frühestens in einer halben Stunde zurück sein.

»Wow, Linda, ich habe dich tatsächlich noch nie so klar über alles reden hören wie jetzt. Ich bin mir sicher, du bist wirklich endlich dabei, alles loszulassen. Und mit alles meine ich, Lotte, deinen Vater und deine Mutter. Lass deine schönen Erinnerungen in deinem Herzen und alles andere los. Weg damit. Das sind Altlasten, die dich immer festgehalten haben.«

»Ja, das ist richtig. Ich glaube, ich weiß auch endlich, was ich möchte. Erstmal werde ich das Haus los. Ich hoffe, ehrlich gesagt, dass die Stadt es will. Eine Schenkung ist vermutlich das Günstigste für mich. Denn ein Abriss kostet viel und einen Käufer für das Haus zu finden, könnte ewig dauern. Aber das überleg ich mir noch.«

Linda wollte Kira gerade von ihren Zukunftsplänen berichten, die sie schon seit einigen Wochen mit sich trug, als es an der Tür klopfte. Sie stand auf, öffnete die Tür und verabschiedete sich von Kira, mit dem Versprechen, sich schnellstmöglich wieder zu melden.

David hatte nicht nur den Kassettenspieler dabei, sondern auch noch Pizza geholt. Obwohl der Duft von Tomatensoße, Käse und Champignons sehr verführerisch in der Luft lag, beschlossen beide, zuerst die Kassette anzuhören.

»Dann lass uns loslegen.«

Linda schob mit zittrigen Fingern die Kassette rein. Wie lang war es schon her, dass sie zuletzt so ein Gerät bedient hatte? Sofort wurden Erinnerungen wach, wie sie mit Lotte Benjamin Blümchen, Bibi Blocksberg oder noch besser David, der Kabauter gehört hatte.

»Bereit?«

David atmete tief durch, nahm sich seinen Stift und das Notizbuch zur Hand und nickte.

Linda drückt die Starttaste.

22

»Ich habe so lange geschwiegen, und es frisst mich immer weiter auf. Letzte Woche habe ich Linda in Büsum besucht. Sie ist mit ihren Gedanken auch immer noch bei Lotte. Sie kann sie nicht loslassen. Ich weiß nicht, wie oft ich sie schon darum gebeten habe. Aber sie hängt an ihrer Schwester. Vielleicht wäre es anders, wenn sie endlich die Gewissheit hätte, dass Lotte schon seit Ewigkeiten tot ist. Aber wie soll ich es ihr begreifbar machen? Wie kann ich es ihr versichern, ohne mich dabei zu verraten?

Ich kann nicht mehr.

Wie können tatsächliche Mörder damit leben, ihre Gräueltaten nicht zu beichten? Oder ist es ein Unterschied, sich bewusst dafür zu entscheiden, zu töten, oder so wie es mir passiert ist?

Ich habe es nicht gewollt. Allein die Schläge …

Es tut mir so leid. Ich wollte meine Kinder niemals schlagen. Es reichte schon, dass ich mich Katrin gegenüber nicht beherrschen konnte. Aber Lotte und Linda?

Aber als ich Lotte in dem Raum gesehen habe … In meinem geheimen Raum … Es war meine eigene Schuld. Ich hätte den vorderen Raum niemals unverschlossen lassen dürfen. Ich hätte wissen müssen, dass Lotte irgendwann unser Verbot ignorieren würde.

Ich weiß noch, wie froh ich gewesen bin, als Katrin sagte, dass sie nicht wolle, dass die Mädchen in den Keller gehen. Sie selbst betrat ihn nur ungern und das war mir nur recht. Katrin kam in all den Jahren nur einmal herunter und schrie durch die Tür. Ansonsten akzeptierte sie meine Privatsphäre. Ich vermute, dass sie den Keller so sehr hasste, dass sie deshalb fern blieb. Wenn sie Wäsche waschen wollte, nahm sie außer an Regentagen immer den Weg über unseren Balkon, um dann durch die Garage in die Waschküche zu gelangen.

Ich schweife ab, dabei wollte ich doch endlich ein Geständnis ablegen. Ich werde nicht mehr mitbekommen, ob Linda sich diese Kassette jemals anhören wird. Hoffen tue ich es. Ich werde ihr nächste Woche den Schlüssel vom Haus zuschicken. Wenn sie ihn dann erhält, werde ich bereits tot sein. Ich habe alles geplant.

Ähm … Verdammt! Ich kann das nicht. Aber … ich bin es Lotte schuldig. Als ich sie damals in dem Raum sah, überschlugen sich die Gedanken in meinem Kopf.

Wieso war sie dort? Wie sollte ich ihr all das erklären beziehungsweise wie sollte ich ihr klarmachen, dass sie niemals darüber reden dürfe, was sie hier sah?

Ich war außer mir und zog sie unsanft vom Boden hoch. Ihre Schreie habe ich noch heute in den Ohren. Es ist wie ein Echo, das nie enden will. Und wenn ich unten im Keller bin, habe ich das Gefühl, dass die Schreie noch lauter sind. Manchmal glaube ich sogar, dass sie noch dort ist. Also nicht wirklich, sondern als Geist. Ich glaube, sie sitzt auf dem Bett und starrt mich an. Der Raum ist für mich zu einem Gefängnis geworden, obwohl es Lottes war. Ich hatte sie dort eingesperrt.

Zuerst schlug ich in ihr hübsches Gesicht. Oh Gott, ich habe ihr die Nase gebrochen … Wie konnte ich das nur machen? Was war da nur in mich gefahren?

Aber ich wollte nicht, dass auch nur irgendwer von meinem Geheimnis erfuhr. Was hätte das für meine Ehe bedeutet? Katrin hätte sich sofort von mir getrennt, wenn sie gewusst hätte, dass ich mich mit Männern vergnügte. Ich stand nun mal nur auf Männer. Aber die Zeit war damals noch weniger bereit dafür, zuzulassen, dass Männer Männer lieben, als sie es heute ist. Es war nie so, dass ich Katrin nicht liebte. Ich liebe sie auch heute noch, weil sie mir eine wunderbare Tochter, was sage ich da, zwei wunderbare Töchter geboren hat. Lotte war auch ein tolles Kind. Aber Linda war in den letzten Jahren der Grund, warum ich mir nicht längst das Leben genommen habe. Allerdings kann ich nicht unbedingt davon reden, dass es ein schönes war. Mit anderen Männern treffe ich mich nach wie vor nur im Verborgenen. Arbeitskollegen hegen schon lange den Verdacht, dass ich schwul sei, weil ich nie einer Frau hinterherblickte, aber was soll ich tun?

Ich schrie Lotte an. Wollte wissen, was sie im Keller tat. Es dauerte einige Zeit, bis sie mir antwortete, dass sie mit Linda Verstecken spielte.

Ich weiß noch, dass ich zu ihr sagte:

»Ach, und da dachtest du, versteckst dich dort, wo deine Schwester dich niemals suchen würde? Weil sie definitiv, obwohl sie jünger ist, klüger ist als du? Weil sie nämlich immer auf mich hört. Du hingegen …«

Für einen Moment überlegte ich, sie zu fesseln. Die Handschellen lagen wie immer griffbereit auf dem kleinen Schrank.

Aber das fand ich dann doch zu drastisch.

Sie fragte mich unter Tränen, was das für Zeug sei auf dem

Schrank.

Nicht mal heute wüsste ich, wie ich es meiner neunjährigen Tochter erklärt hätte, wenn ich nicht so verdammt wütend auf sie gewesen wäre. Wenn sie die Dildos im Schlafzimmer von Katrin und mir gefunden hätte. Nicht, dass wir so was nutzten. Katrin wollte nur meinen Schwanz in sich spüren, was Echtes, wie sie sagte, als wir uns mal über Sexspielzeug unterhielten. Natürlich hatte ich oft die Fantasie, aber ich traute mich nicht zu fragen, ob sie einen Dildo bei mir benutzen würde. Ich hatte Angst, dass sie dann so lange fragen würde, ob ich auf Männer stehe, bis ich es zugegeben hätte. Einmal fragte sie mich, warum ich in der Gegenwart bestimmter Männer so liebevoll tat, so anders als die Seite, die ich bei den Kindern meistens an den Tag legte. Ich sei weicher, meinte sie. Ich wurde wütend, stritt alles ab und bewies, ihr wie hart ich sei.

Ich hasse mich dafür, dass ich Katrin so oft weh getan habe. Wobei ich manchmal das Gefühl hatte, dass sie es im Bett mochte.

Jedenfalls antwortete ich Lotte, dass sie es irgendwann selbst herausbekommen würde. Sie solle noch ein paar Jahre warten. So acht bis zehn. Dann würde sie ihre eigenen Erfahrungen damit machen.

Aber sie hatte nicht mal mehr einen Tag zu leben. Es tut mir so leid.

Ich wollte Lotte Angst einjagen, mehr als ich es mit dem brutalen Schlag bereits getan hatte. Ich sagte ihr, dass ich sie zur Strafe für ein paar Stunden in dem Raum lassen würde, damit sie weiß, was mit ihr passiert, wenn sie irgendwem von allem erzählt, was sie hier gesehen hat.

Ich ließ sie zurück. Meine letzten Worte an meine Tochter waren, dass sie nicht zu schreien bräuchte. Die Tür war schalldicht. Ich hatte sie mit einem Freund eingebaut, als Katrin mit den Mädchen bei ihrer Schwester an der Nordsee gewesen ist.

Ich glaube, ich sagte sogar noch, dass sie mir nicht ins Bett pissen solle.

Anstatt Lotte zu sagen, dass ich sie liebe, schnauzte ich sie an. Schrie sie an und lachte hämisch, als ich die Tür hinter mir schloss.

Danach ging ich hoch und um mich zu beruhigen, nahm ich Katrin in der Küche. Sie sträubte sich zuerst, aus Angst, dass die Mädchen reinkommen würden. Ich winkte ab.

Ein kurzer Fick wäre drin. Tatsächlich waren wir gerade fertig, als Linda reinkam und sagte, dass sie Lotte nirgends finden könnte. Ich war nun entspannter, und bot Linda an, dass ich draußen nochmal mit ihr suchen würde, während Katrin im Haus suchte.

Selbst wenn sie in den Keller gegangen wäre, hätte sie unsere Tochter nicht gefunden. Die Tür zu meinem Geheimversteck war verschlossen. Und der einzig existierende Schlüssel steckte in meiner Hosentasche.

Natürlich verzweifelte Katrin, als Lotte nicht zu finden war. Ich tat so, als würde ich den Wald absuchen, dabei ging ich nur spazieren. Ich dachte nach. Wie sollte ich Lotte begreiflich machen, dass sie Mami nichts von allem erzählen durfte. Und mittlerweile fragte ich mich auch, was sie Mami erzählen sollte, warum sie so lange in ihrem Versteck geblieben ist. Mir kam die rettende Idee! Zumindest für das zweite Problem. Sie sollte sagen, dass sie sich im Heizungsraum hinter der Ölwanne auf eine Decke gelegt hätte und eingeschlafen sei. Deshalb hätte ich sie auch nicht finden können, als ich den Keller absuchte.

Ich beschloss, sie nachts zu holen.

Ich versprach Katrin, am nächsten Tag direkt die Polizei zu rufen, aber jetzt, so spät, würde es keinen Sinn mehr machen. Katrin heulte und schrie. Sie wollte sofort zur Polizei fahren. Ich war in dem Moment so froh, wie nie zuvor, dass mein Vater nie ein Telefon im Haus haben wollte. Ich riss meiner Frau den Schlüssel aus der Hand. In ihrem Zustand solle sie nicht fahren. Um sie zu beruhigen, gab ich ihr Wodka. Etwas mehr als sie vertrug. Ich wusste, dass sie von dem Zeug schnell einschlief. Somit konnte ich mir Zeit verschaffen. Sie wurde tatsächlich schnell müde und legte sich neben Linda, die bereits seit ein paar Stunden in unserem Ehebett schlief.

Gegen Mitternacht ging ich dann in den Keller.

Mir schlug ein süßlich-ekeliger Geruch nach Kotze entgegen. Auf dem Bett lag Lotte in ihrem Erbrochenen. Die Wodkaflasche, die zuvor neben meinem Bett lag, war leer und lag am Fußende.

Zuerst dachte ich, dass Lotte nur schlief. Aber sie war ganz steif. Sie war tot.

Ich heulte. Stundenlang. Ich hatte meine Tochter umgebracht. Als ich wieder zu Sinnen kam, musste ich mir etwas einfallen lassen.

Katrin hatte längst den Verdacht, dass Lotte mal wieder mit jemandem durch den Wald gegangen sei, wie sie es schon einmal getan hatte. Eine Entführung … Ja, das konnte ich inszenieren. Ich zog meiner Tochter das T-Shirt aus, ließ sie zurück. Um die Entsorgung ihres Körpers würde ich mich später kümmern.

Zuerst wollte ich die Dunkelheit der Nacht nutzen, um ungesehen das T-Shirt im Wald zu entsorgen.

Sammy, der bescheuerte Kater meiner Kinder folgte mir zum Teich. Dort warf ich das Shirt in einen Busch und wieso auch immer überkam mich plötzlich das Verlangen, dass Sammy auch leiden sollte. Ich … ich tötete den Kater.

Linda hatte nie gefragt, wo das Tier war. Sie sorgte sich viel zu sehr um ihre Schwester.

Linda, ich hoffe, du hörst dir gerade diese Kassette an. Bitte sorg dafür, dass deine Schwester richtig beerdigt wird. Sie ist im Keller unterm Bett. Da wo der Schrank …«

Die letzten Worte klangen verzerrt und dann stoppte der Kassettenspieler. Linda ahnte, dass nicht etwa die Seite zu Ende war, sondern das Kassettenband nicht mehr in seiner Spur war. Vorsichtig zog sie die Kassette heraus. Ihre Vermutung war richtig. Das Band war total durcheinander und stellenweise zerknittert. David gab ihr sofort seinen Kugelschreiber. Ein Bleistift wäre zum Aufrollen besser gewesen, aber er hatte keinen dabei. Wortlos nahm Linda ihn entgegen, steckte den Stift in das Loch der Bandwickelrolle und konzentrierte sich ganz auf die Kassette. Es war eine gute Ablenkung, um nicht über das eben Gehörte nachzudenken. Der Stift war allerdings zu dick für die Öffnung. Linda selbst hatte nur ihren Füller dabei und der passte erst recht nicht.

»Nichts zu machen. Aber ich glaube, wir haben genug gehört. David, ich möchte ehrlich gesagt gerade nicht darüber reden. Das war alles zu viel. Ich …« Die neugewonnene Fassung brach ein. Linda fiel in sich zusammen und weinte in Davids Armen, der ihr einfach nur schweigend den Rücken streichelte.

All die Jahre wollte sie wissen, was passiert war. Wie konnte ihr Vater nur die ganze Zeit mit Linda Zeit verbringen, ohne ein Wort darüber zu verlieren. Er hatte ihr immer vorgelogen, dass er auch nichts wüsste. Die letzten Tage waren eine Zerreißprobe gewesen, erst die Konfrontation mit dem alten Haus, dann die Stimme ihrer Mutter mit dem alten Lied auf Davids Handy und jetzt auch noch die Stimme ihres Vaters, der ihr als Kind immer schöne Geschichten von Prinzessinnen erzählt hatte – okay, manchmal auch gruselige Geschichten. Aber jetzt erzählte diese Stimme, die sie nur mit Liebe verband, die wohl schlimmsten Ereignisse ihres Lebens. Und das ihrer Schwester. Der letzte Gedanke, bevor sie einschlief, war, dass sie am nächsten Tag Lotte im Keller finden wollte.

23

Deutschland, in der Eifel, 30. August 1992

Lotte weinte. Ein Blick auf ihre Uhr verriet ihr, dass es mittlerweile zehn Uhr war. Am Abend. Papa war seit sechs Stunden weg. Sie hatte Angst und Durst. Neben dem Bett stand eine Flasche mit einem kleinen Schluck Wasser. Es hatte so widerlich gerochen, weshalb sie es bisher noch nicht getrunken hatte. Aber es war nicht mehr auszuhalten. Ihr Hals war so trocken vom Rufen.

Sie wusste, dass sie eigentlich nicht direkt aus der Flasche trinken sollte, aber es gab hier keine Gläser. Das Wasser brannte in ihrem Mund und innerhalb weniger Sekunden wurde ihr heiß und schlecht.

Bei dem Versuch aufzustehen, wurde ihr schummrig. Sie erbrach sich über das Bett. Als sie nach einer gefühlten Ewigkeit endlich wieder Luft bekam, schluchzte sie laut und versuchte, nach ihrer Schwester zu rufen. Aber ihr Hals brannte so sehr, dass alles nur noch mehr schmerzte.

Vielleicht würde Linda spüren, dass es ihr nicht gut ging. Sowas hatte sie letztens in einem Film gesehen.

Während ihr Tränen über das Gesicht liefen, sprach sie in Gedanken mit ihrer Schwester.

»Linda, ich habe Angst hier zu sterben … Er hat mich hier eingesperrt. Lieber würde ich mich noch tausendmal von Mami mit dem Kochlöffel verprügeln lassen, als noch länger hier zu sein. Ich habe Angst, dass du mich nicht findest.

Warum habe ich nicht auf dich gehört? Du hast noch gesagt, Mami und Papi wollen nicht, dass wir in den Keller gehen. Aber es sollte doch nur eine Mutprobe sein. Ich wollte beweisen, dass es nicht so schlimm ist hier unten. Ich will hier raus!

Lieschen, Lieschen, find mich doch,
Ich liege hier im Kellerloch.
Lieschen, Lieschen, hol mich jetzt,
Bin mit rotem Blut benetzt.«

24

Deutschland, in der Eifel, in Gerolstein, 10. September 2022

1

Es war kurz nach drei in der Früh, als Linda erwachte. Zuerst war sie irritiert, als sie David so nah neben sich liegen sah, aber dann schoss ihr alles wieder in den Kopf. Sie stand auf, trank einen Schluck und ging dann auf die Toilette.

»Arme Lotte, seit Jahrzehnten liegst du allein in dem Haus und niemand hat etwas geahnt. Aber ich werde dich finden und dann bekommst du eine richtige Beerdigung. Das verspreche ich dir«, flüsterte sie, als sie sich anschließend die Hände wusch. Normalerweise vermied sie es, nachts in den Spiegel zu schauen, zu viele gruselige Szenen verschiedener Filme hatten sich in ihr Gedächtnis eingebrannt. In diesem Moment wünschte sie sich allerdings, Lottes süßes Gesicht im Spiegel zu erblicken. Aber alles, was sie sah, war ihr eigenes vom Weinen aufgequollenes und für ihr Alter viel zu faltiges Gesicht. Sie wandte sich ab und weckte ihren Cousin.

»David, los, lass uns zum Haus fahren.«

»Was?« Er warf einen Blick auf sein Handy. »Linda, es ist mitten in der Nacht.«

»Ja, ich weiß. Aber ich will in den Keller. Das Ganze muss jetzt endlich einen Abschluss finden.«

»Aber es ist noch dunkel.«

»Ja, aber das ist es im Keller bei Tag und bei Nacht. Also

bitte, können wir los?«

Anscheinend wusste David nichts zu erwidern. Er stand auf und packte seine Sachen zusammen. Nebenbei aß er die kalte Pizza und erntete von Linda einen angeekelten Blick.

2

Ohne Umwege begaben sie sich in den Keller. Linda hatte jegliche Angst verloren. Der Schlund des Monsters war ausgetrocknet.

»Was hatte er gesagt? Unterm Bett? Und irgendwas mit Schrank.« Linda schob ein paar Bretter zur Seite und ließ David auf den Boden leuchten. Doch dieser wies keinerlei Spuren auf, die verrieten, dass hier gegraben worden war.

»Kalt!«

»Verdammt! Da war es wieder! Linda, ich habe ganz klar und deutlich die Kinderstimme vom letzten Mal gehört.« Er hielt die Lampe auf seinen Arm gerichtet, sodass Linda seine Gänsehaut sehen konnte.

»Ja, ich glaube, dass es Lotte ist. Ich weiß, das klingt verrückt. Aber gestern war es im Nebenraum und heute hier. Sie nahm David die Lampe aus der Hand und leuchtete den Raum ab. Beim Schrank stockte sie.

»Papa sagte was von einem vorderen Raum und einem Geheimversteck oder sowas. David, was ist, wenn hinter dem Schrank eine Tür ist?«

»Gibt es so etwas nicht nur im Film?«

»Schau mal, der Schrank bewegt sich!« Linda hatte sich seitlich gegen den Schrank gestemmt, um ihn zur Seite zu schieben. Wenn auch schwerfällig, so glitt er viel leichter als gedacht weg.

Linda glaubte ein Seufzen wahrzunehmen. Als wäre Lotte erleichtert.

»Hilf mir mal, dann geht es schneller.«

Eine Tür kam hinter dem Schrank zum Vorschein. Zwei Löcher in der Nähe des Türrahmens waren die einzigen Hinweise darauf, dass man die Tür öffnen konnte. David griff mit zwei Fingern hinein und drückte auf einen innenliegenden Mechanismus. Ein lautes Klacken erklang und die Tür öffnete sich einen winzigen Spalt. Sie zogen sie weiter auf und traten in den Raum, von dem nur Torsten Bauer und seine Geliebten wussten. Und Lotte, zu ihrem Leidwesen.

Der Raum verschlug ihnen die Sprache und Linda fiel es schwer, den Gedanken vertreiben, dass es sich hierbei um das Spielzimmer ihres Vaters handelte. Wie konnte es sein, dass ihre Mutter nichts von seinen Vorlieben gewusst hatte? Für einen Moment spürte sie Mitleid mit ihrem Vater. Er hatte sein Leben lang mit einer Lüge gelebt. So wie sie selbst auch – nein, bei ihm waren es sogar zwei.

Linda ging auf das Bett zu und kniete sich hin. Im Schein der Taschenlampe glaubte sie eine Unebenheit im Boden zu sehen. Mit vereinten Kräften schoben Linda und David das Himmelbett weg. Beiden war klar, dass Torsten das damals nicht allein geschafft hatte.

»Vielleicht hat ihm sein Freund dabei geholfen«, sagte David.

»Oh Gott. Bitte rede nicht darüber … Ich meine, jeder Mensch darf so leben, wie er es möchte. Aber er ist mein

Vater und da ist die Vorstellung schon etwas seltsam. Ich hoffe, das klingt nicht doof.«

»Nein, tut es nicht.«

Sie stellten zwar fest, dass hier tatsächlich mal gegraben worden war, aber selbst für eine Kinderleiche war es viel zu klein.

»Er wird uns doch jetzt nicht auf eine Schnitzeljagd schicken, oder? Klar, im Prinzip hat er das mit dem Tagebuch, dem Brief und der Kassette schon getan, aber hier wird Lotte nicht liegen.« Linda entfernte etwas Erde und grub dann tiefer. Nur wenige Sekunden später traf ihre Hand auf etwas Festes.

»David! Hier ist etwas.«

»Knochen?«

»Nein, etwas anderes. Leuchte mal. Hier, sieh mal, dass sieht wie etwas aus Ton aus.« Ihr fiel der alte Römertopf ein, mit dem ihre Oma immer Fleisch zubereitet hatte.

David half mit, zu graben, und legte wenige Sekunden später einen Deckel mit Griff frei. Er schien tatsächlich zu einem Römertopf zu gehören.

»Ich befürchte, von Lotte ist nicht mehr viel übrig«, sagte er. Seine Stimme zitterte.

»Du meinst, er hat sie verbrannt und ihre Asche hier beerdigt?« An diese Option hatte Linda gar nicht gedacht. Ein Schauer lief ihr über den Rücken. Das wäre noch grausamer als ohnehin schon.

»Soll ich?«

»Nein, ich will das selbst machen.« Ohne lange zu überlegen, hob Linda den Deckel.

Und da war sie. Linda wusste es sofort. Denn mitten in der Asche lag Lottes Sternenkette, die gleiche, die Linda selbst heute noch um ihren Hals trug. Sie hatte ihre Schwester endlich gefunden. Jetzt hatte sie Gewissheit. Das war der Grund, warum Papa das Haus nie verkauft hatte. Nicht, weil er hoffte, dass Lotte wieder nach Hause zurückkehren würde. Sondern weil sie dort all die Jahre gewesen war. Allein. Im Keller. Dort, wo sie nicht hätte sein dürfen. Und alles, was Linda von ihr blieb, war die Kette.

25

Deutschland, in der Eifel, 10. September 2022

Linda saß auf der Bank am Teich. Der Regen hatte aufgehört, aber selbst, wenn nicht, hätte es sie nicht gestört. Die Natur mit all ihren Geräuschen nahm sie nicht wahr. Sie war in ihrer eigenen Welt und ließ sämtliche Erinnerungen an Lotte aufsteigen. Lottes Kette hielt sie währenddessen ununterbrochen fest in ihrer Hand.

David wollte sofort die Polizei anrufen. Sie hielt ihn zurück. »Wozu? Sie liegt hier seit dreißig Jahren und seit fast genauso langer Zeit interessiert sich keiner mehr für die Akte Lotte Bauer. Bitte lass es. Ich möchte gerne allein sein, okay?« Dann war sie mit dem Tontopf und der Kette zum Teich gegangen.

Es mutete bestimmt verrückt an, wenn ihr nun jemand begegnet wäre, aber das war ihr egal.

Was sollte sie nun machen? War sie verpflichtet, die Polizei zu informieren? Alles in ihr wehrte sich dagegen. Allein der Gedanke daran, mit fremden Menschen darüber reden zu müssen, gefiel ihr nicht. Die Asche würde vermutlich erstmal beschlagnahmt werden und später müsste sie sie auf einem Friedhof beerdigen, für den sie die nächsten Jahre Geld zahlen musste. Noch mehr Kosten … Wo sollte sie das hernehmen? Nein, sie wollte endlich leben und alles hinter sich lassen. Sie würde das Haus räumen und entweder zum Verkauf anbieten oder es abreißen lassen. Die Idee mit der Schenkung an die Gemeinde hatte sie wieder fallen lassen. Die würden das Grundstück nicht haben wollen. Sonst wären sie in den letzten Jahren längst an Linda herangetreten.

Hinter ihr raschelte es. Langsam drehte sie sich um und sah David auf sie zukommen.

»Ich wollte doch …«

»Ich weiß, aber ich wollte nach dir sehen. Wenn du mir sagst, dass ich verschwinden soll, dann gehe ich.« Er riss einen langen Grashalm aus und fing an, darauf herumzukauen.

»Ja. Bitte geh. Wir sehen uns später, okay?« Linda sah ihn nicht an. Sie wusste, dass sie David dankbar sein sollte. Wenn er nicht gewesen wäre, würde sie weiterhin allein im Haus an der Nordsee hocken und ständig grübeln.

»Warte. David, es tut mir leid. Komm her. Setz dich.«

»Nur wenn du dir wirklich sicher bist.« Er wartete einen Moment und setzte sich dann auf die Bank. Zwischen ihnen stand der Römertopf.

»Das Gute ist, dass sie deinem Vater nichts mehr anhängen können.«

»Naja, er ist dafür verantwortlich. Er hat seine Strafe doch längst bekommen. David, ich weiß, du möchtest eine Geschichte daraus machen …«

Er winkte ab. »Lass mal, Linda. Ja, ich gebe zu, bis gestern Abend war ich noch fest davon überzeugt, darüber zu schreiben, und vielleicht nehme ich die Grundidee. Aber alles, was hier passiert ist, bleibt hier.«

»Danke.« Linda stand auf und griff nach dem Deckel. »Ich habe keine Ahnung, was sie gewollt hätte. Und ich selbst habe mir auch noch nie Gedanken über meine Beerdigung gemacht. Mein Exfreund wollte das immer von mir wissen. Schließlich wüsste man nie, wie lange man noch auf der Erde sei, egal wie alt man ist. Damit hatte er natürlich recht, aber ich wollte nicht an den Tod denken. Nicht bevor ich Lotte endlich wiederhatte. Wie stur ich gewesen war. ›Lotte, Lotte, Lotte. Immer nur Lotte.‹ Beide Männer, mit denen ich zusammen war, schrien mir gegen Ende der Beziehung diesen Satz entgegen. Ich sollte endlich loslassen, forderten sie von mir. Sie hatten recht. Aber ich konnte es nie.« Linda lächelte. »Ich werde sie niemandem geben. Hier waren wir gerne, haben viel am Teich gespielt und mit Papa kleine Boote fahren lassen. Ich möchte, dass Lotte hierbleibt.« Sie hauchte einen Kuss auf die Kette und legte sie zurück in die Asche. Sie spürte Davids Blick auf sich ruhen, als sie ihre eigene Kette abnahm und neben Lottes legte.

»Das hier ist jetzt der Abschied. Sie ist in meinem Herzen, für immer und ewig. Und jetzt soll sie frei sein.«

David stand auf. »Ruhe in Frieden, liebe Lotte.«

Linda lächelte ihn an. »Liebe Lotte, es tut mir leid, was du durchmachen musstest. Wir sehen uns im nächsten Leben, okay?«

Dann verstreute sie die Asche über den Teich. Ein Windstoß nahm sie mit sich und Linda glaubte, ein fröhliches Kinderlachen zu hören.

26

England, Essex, Wivenhoe, Zwei Tage später

1

David parkte seinen Wagen direkt vor dem Wohnhaus. Er lachte, als er sah, dass im selben Augenblick die Haustür aufgerissen wurde und seine Patenkinder herausgestürmt kamen. Kaum war er aus dem Auto gestiegen, hingen Mabel und Poppy bereits an seinem Hals. David schloss die Augen und drückte die Mädchen fest an sich. Er schwor sich in diesem Augenblick, dass er immer auf die beiden aufpassen würde. Er wusste genau, dass dort draußen viele Gefahren auf sie warteten und er nicht alles verhindern konnte, aber solange er es in der Hand hätte, würde niemand den Zwillingen etwas antun.

Nachdem er Stan, Magda und seine Mutter, die noch immer bei Stan wohnte, ebenfalls begrüßt hatte, nahmen die Erwachsenen in der Küche Platz. David blickte sich um. Hier war alles hell und freundlich eingerichtet. Es roch nach Magdas gutem Essen. Die Möbel waren heil und das Leben in dem Haus war förmlich spürbar. Das Gelächter der Zwillinge erklang aus dem oberen Stock. Stan hatte sie gebeten, bis zum Mittagessen in ihrem Zimmer zu spielen, und dann dürften sie David mit ihren Fragen löchern. David freute sich schon darauf und auf ihre Gesichter, wenn er ihnen die Plüschtiere schenkte, die er aus Deutschland für sie mitgebracht hatte. Doch vorher erzählte er, was sich in den letzten Tagen noch ereignet hatte.

»Haltet mich für verrückt, ihr wisst, dass ich vorher nie an Geister geglaubt habe, dass das für mich reiner Hokuspokus war. Aber dieses Haus dort … Nachdem Linda die Asche verstreut hatte und wir wieder ins Haus zurückgekehrt waren, wirkte es dort leichter als vorher. Als wäre Lottes Seele – wie nennen die Esoteriker es? – endlich ins Licht gegangen.« David schüttelte über seine Aussage den Kopf.

Stan und Magda lachten, nur Barbara hob mahnend den Zeigefinger.

»Mein Junge, lass dir gesagt sein, es gibt so viel mehr als wir sehen können. Nachdem was dort in dem Haus passiert ist, wundert es mich nicht, dass es dort spukt. Grausam. Was wird Linda mit dem Haus machen?«

David zuckte mit den Schultern. Nachdem Linda die Asche verstreut hatte, wollte sie so schnell wie möglich Abstand zum Haus bekommen. Er bot ihr noch an, den Müll zu entsorgen, aber sie wollte davon gerade nichts wissen. Sie wollte nur nach Hause. Das war David ganz recht.

»Ich denke, sie braucht erst einmal Zeit, um alles zu verarbeiten. Das Haus ist so nebensächlich.«

»Und werdet ihr in Kontakt bleiben? Habt ihr Katrin noch mal besucht? Sie muss doch erfahren, dass ihr Lotte gefunden habt.«

»Mama, ich weiß es nicht. Wenn, dann ist es Lindas Aufgabe, es ihrer Mutter zu sagen. Und ja, wir bleiben in Kontakt. Ich habe ihr gesagt, wenn sie soweit ist und weiß, was mit dem Haus passieren soll, werde ich ihr helfen.«

Der Timer vom Backofen piepte und Madga holte den Auflauf heraus.

Während des Essens plapperten die Zwillinge ununterbrochen und alle lachten über sie. David beobachtete seine Mutter. Sie strahlte. Immer wieder strich sie ihm über den Arm und David musste gegen aufsteigende Tränen kämpfen. Stan und Madga, die Mädchen … Seine kleine Familie. Er war dankbar, sie alle in seinem Leben zu haben.

2

Als David abends in seine kleine Wohnung zurückkehrte, kam sie ihm leer und zu voll zugleich vor. Vielleicht würde er Stans Angebot annehmen. Sein Freund hatte ihm nicht nur mitgeteilt, dass Barbara, solange sie wollte, bei ihm und Magda wohnen bleiben dürfte, sondern David mal wieder angeboten, in die Dachwohnung über der Werkstatt zu ziehen. Seit Jahren versuchte Stan, ihn auf den Hof zu holen.

Es hätte viele Vorteile, gestand David sich ein. Er würde häufiger warmes leckeres Essen bekommen, er wäre nicht mehr so allein und vor allem hätte er ein Auge auf Mabel und Poppy.

David entschied sich, noch vor dem Schlafengehen seine Reisetasche auszupacken und dann die wohlverdiente Dusche zu genießen. Von der Suche mal abgesehen, war es ein spannendes Erlebnis gewesen, ein paar Tage so abenteuerlich zu leben. Aber zurück in der Zivilisation wurde ihm bewusst, dass Luxus schon bei Strom und fließendem Wasser anfing. Als er sein Notizbuch aus der Tasche nahm, blätterte er durch die Notizen der letzten Tage. Sie enthielten nicht nur viele Fakten, die Linda ihm erzählt hatte, sondern schon kleine Fragmente, die er später ausarbeiten wollte.

David bündelte die beschriebenen Seiten, riss sie aus dem Notizbuch heraus und warf sie in den Mülleimer. Es würde sich schon eine andere Idee finden, die für seinen Thriller geeignet wäre. Und wenn nicht, dann wäre das allemal besser, als mit der dramatischen Geschichte seiner Verwandtschaft Geld zu verdienen.

27

Deutschland, Büsum, 05. November 2022

Es klingelte an der Haustür. Kira stürmte direkt an Linda vorbei in ihr Schlafzimmer, riss den Schrank auf und suchte etwas.

»Was wird das bitte?« Linda lehnte sich an den Türrahmen und verschränkte die Arme vor ihrer Brust.

»Der Pulli!«

»Du musst schon ein bisschen konkreter werden, ich habe nicht nur einen.«

Kira sah ihre Freundin an und grinste. »Der da.«

»Papas? Was ist mit ihm?«

»Zieh ihn aus. Sofort. Kannst du dich daran erinnern, dass ich froh war, als du sagtest, du hättest Lottes Kette weggeworfen?«

Linda nickte.

»Ich habe vorhin mit Sissi, du weißt schon, der neuen Nachbarin, geredet und sie erzählte, dass sie als Medium arbeitet. Für ihre Arbeit sei es zwar wichtig, aber eigentlich ist sie dagegen, dass Kleidung und Schmuck von Toten aufbewahrt werden.« Kira wies ihr mit einer Geste an, den Pulli auszuziehen.

»Und warum bitte schön?«

»Weil an ihnen die Energien der Verstorbenen haften.«

»Ach komm, Kira. Du bist doch sonst nicht so. Was soll denn das jetzt? Willst du mir jetzt sagen, dass die seltsamen

Geräusche und Schatten hier im Haus von meinem Vater sein sollen?« Trotzdem zog sie sich den Pullover über den Kopf und nahm sich einen Hoodie aus dem Schrank.

Kira entriss ihr den alten Pulli, der auch nach mehreren Waschgängen seinen modrigen Geruch nicht verloren hatte. »Normalerweise war ich nie ein Mensch gewesen, der etwas auf diese esoterischen Gedanken gab, aber es fühlte sich plötzlich für mich so logisch an. Das hat doch erst angefangen, seit du wieder hier bist. Und ich kann mir auch vorstellen, dass der Teddy von Lotte, den du damals, als du hierher zu deiner Tante gezogen bist, mitgenommen hast, ihre Energie all die Jahre in sich trug.«

Linda fing an zu lachen. Wenn sie ihre Freundin nicht besser kennen würde, würde sie denken, dass Kira das wirklich glaubt. Wie gut es tat, sie wieder um sich zu haben. Es war seit ihrer Rückkehr aus Vordenhöfen viel schöner, mit Kira etwas zu unternehmen. Linda war befreiter. Allerdings machte ihr das Haus teilweise Angst. Manchmal glaubte sie, Schatten in Gestalt eines Mannes zu sehen. Meistens folgten nur wenige Sekunden später Geräusche, dessen Ursprung sie nicht ausfindig machen konnte.

»Doch Linda, deshalb war Lotte auch immer bei dir und du konntest sie nicht loslassen.«

»Du klingst so, als wäre es anders gewesen, wenn der Teddy nicht bei mir gewesen wäre.«

»Ja. Das glaube ich sogar ganz stark. Du warst sozusagen gezwungen, nach ihr zu suchen. Was hast du zu verlieren, wenn du den Pulli wegschmeißt? Komm, ab in die Mülltonne draußen. Die werden morgen sowieso abgeholt.«

»Na gut, dann kommt der Teddy auch weg.« Sie ignorierte Kiras verdutzten Blick. »Ich hoffe nur, dass nicht plötzlich morgen beides wieder auf meinem Tisch liegt.«

Nichts dergleichen geschah. Aber die Geräusche und Schatten verschwanden und auch das kleine Mädchen, das Linda manchmal beim Teddy auf der Couch glaubte sitzen zu sehen.

28

Deutschland, in der Eifel, 24. November 2022

1

Es hatte einige Wochen gedauert, bis Linda sich bereit fühlte, in die Eifel zurückzukehren. Jetzt packte sie gemeinsam mit Kira und David die alten Möbel, Kisten und den Müll, den sie aus dem Fenster geschmissen hatten, in den Kleintransporter, den sie sich geliehen hatten. Das Haus war nun endlich leer.

»Wann kommt der Typ?«, fragte David, als Linda ihm den Haustürschlüssel aus der Hand nahm.

»Er wollte gegen vierzehn Uhr hier sein. Also jetzt gleich eigentlich.«

»Ich kann es immer noch nicht glauben, dass dir das Haus abgekauft wurde. So schnell und vor allem für den Preis!« Kira schüttelte den Kopf.

»Und ohne, dass er es sich angesehen hat.« David blickte das alte Haus von oben bis unten an. Die Schatten der Vergangenheit spiegelten sich in der Fassade. Alt, dreckig, heruntergekommen und sich selbst überlassen. Vor vier Wochen hatte Linda sich mit der Gemeinde in Verbindung gesetzt, um sich wegen eines Abrisses zu erkundigen. Sie wollte mit dem Haus nichts mehr zu tun haben. Und wenn es sie eine Stange Geld gekostet hätte, wäre es ihr das wert gewesen. Ob sie nun den Abriss oder die nächsten Jahrzehnte die Kosten für die

Grundsteuer zahlen müsste, machte keinen großen Unterschied.

Der Mann, mit dem sie sprach, wurde hellhörig, als sie die Anschrift nannte. Er freute sich über ihren Anruf und fragte sie schließlich, ob er ihr das Haus abkaufen dürfe. Erst dachte Linda, sie hätte sich verhört.

»Ich meine es ernst. Ich möchte das Haus haben. Ich kann Ihnen nicht sagen, wie oft ich in den ganzen Jahren versucht habe, es Ihrem Vater abzukaufen. Auch Ihnen hatte ich ein paar Mal einen Brief geschrieben, aber nie eine Antwort von Ihnen erhalten.«

Es war Linda neu, dass jemand das Haus kaufen wollte. Und die angeblichen Briefe waren bei ihr nie angekommen. Aber sie ging nicht weiter darauf ein, denn er nannte ihr eine Summe, bei der ihr vor Schreck fast das Handy aus der Hand fiel.

»Sind Sie noch dran? Frau Bauer?«

»Ja. Ich bin noch da. Bitte können Sie die Summe wiederholen? Ich war gerade abgelenkt.«

»Eine Viertel Million.«

Ohne groß nachzudenken, sagte Linda zu.

2

Ein Auto näherte sich. Ein alter Ford Fiesta, der so aussah, als würde er gleich auseinanderfallen, parkte neben dem Transporter und heraus stieg ein älterer Mann mit einem breiten Grinsen auf dem Gesicht.

»Na, der passt hervorragend hier in das Haus«, flüsterte

Kira, die direkt neben ihr stand.

»Psst!« Linda gab ihr einen leichten Hieb auf den Oberschenkel.

»Wunderbar! Dieses Haus ist einfach wunderbar! Geben Sie mir einfach direkt den Schlüssel, dann können Sie fahren.«

Nichts lieber als das, ging es Linda durch den Kopf. Von dem Mann ging eine so unsympathische Energie aus, die sich in seiner Art und Weise auch widerspiegelte. David schien sich allerdings mit ihm noch unterhalten zu wollen.

»Ich habe noch eine Frage an Sie. Würden Sie mir verraten, warum Sie das Haus gekauft haben?«

»Ich werde in den nächsten Monaten ein Spukhaus daraus machen. Der Schlüssel.« Er streckte fordernd die Hand aus.

Kira drehte ihr Gesicht mehr zu Linda. »Wow, wie höflich.« Linda ignorierte sie für den Moment, auch wenn sie ihr zustimmte. Ein Spukhaus?

»Ach, Sie wollen hier gar nicht wohnen?«

»Um Gottes Willen! Nein! Wer weiß, was sonst mit mir passiert, wenn ich hier allein schlafe. Nein. Aber irgendwann werde ich die Türen für Menschen öffnen, die gerne auf Geisterjagd gehen.«

Der Kerl war ihr noch suspekter als am Telefon. Aber sie fragte nicht weiter nach, immerhin versprach er ihr, dass der Verkauf innerhalb weniger Wochen über den Tisch ging. Aber ihr Anwalt hatte ihr versichert, dass juristisch alles in Ordnung sei. Es sei zwar äußert ungewöhnlich, aber da rechtlich nichts dagegen sprach und Herr Schaller das nötige Geld auf den Tisch legte, war alles reibungslos vonstatten gegangen.

»Sicher. Hier sind die Schlüssel. Bitte schön. Der von der Haustür in dreifacher Ausführung, die von den Garagen existieren, wie bereits gesagt, nicht mehr.«

So wie er Linda den Schlüssel aus der Hand riss, schien er es nicht erwarten zu können, endlich ins Haus zu können. Ohne ein weiteres Wort ging er zur Haustür. Während Linda vorher noch vorhatte, ihm das Haus kurz zu zeigen und ihn auf einige Dinge hinzuweisen, war ihr nun die Lust vergangen. Und sie war froh darüber, das Haus nicht mehr betreten zu müssen.

»Dann lasst uns fahren.« Mit einem unbestimmten Gefühl im Magen stieg Linda in ihren Wagen und Kira nahm auf dem Beifahrersitz Platz. David übernahm den Transporter.

»Bist du okay, Linda?«

Wortlos startete Linda den Wagen und wartete darauf, dass David losfuhr. Obwohl sie sich vornahm, nicht zurückzublicken, warf sie nochmal einen kurzen Blick zur Haustür, als sie losfuhr. Herr Schaller stand dort und starrte ihr nach.

»Linda?«

»Sorry, Kira. Ich bin okay. Es hat nun alles einen Abschluss.«

3

Später am Abend saßen sie zu dritt in einem kleinen Imbiss. Es war ihr letzter gemeinsamer Abend. David würde am nächsten Morgen zurück nach England fliegen und sich an einen Roman setzen. Kira würde mit Lindas Wagen wieder nach Norddeutschland fahren. Nach Büsum. Dem Ort ihres

Lebens. So dachte Linda jahrelang. Seit Lottes Fund war Linda jedoch klargeworden, dass es nicht mehr ihr Wunsch war, dort zu leben. Es war mehr ein Festhalten an etwas Sicherem gewesen. Als kleines Kind, fasziniert vom Meer, Urlaube bei der liebevollen Tante und dem lustigen Onkel zu verbringen, bei denen alles so anders war als Zuhause, war es immer der Wunsch von ihr und Lotte gewesen, dort zu leben. Aber sie vermisste ihre Tante und ihren Onkel, die seit einigen Jahren in Australien lebten. Am nächsten Morgen würde Linda endlich in den Flieger nach Sydney steigen, um sie zu besuchen. Was danach kam, darüber wollte sie noch nicht nachdenken. Aber sie wollte endlich leben.

29

Deutschland, in der Eifel, 26. November 2022

1

Katrin Bauer ließ sich vom Taxifahrer am alten Straßenschild vom Roten-Moorteich-Weg absetzen.

»Das macht 55,80 Euro.«

Katrin holte die letzten Scheine aus ihrem Portemonnaie.

Mit zittrigen Händen reichte sie dem Fahrer sechzig Euro. »Stimmt so.«

»Und Sie sind sich sicher, dass Sie hier richtig sind? Hier ist doch nur ein alter Waldweg. Und, mit Verlaub, Ihre Kleidung sieht nicht so aus, als wäre sie spaziertauglich.«

Katrin grinste ihn an und stieg ohne ein weiteres Wort aus. Als er wegfuhr, sah sie an sich herunter. Eine blaue Bluse mit Marmeladenfleck vom Frühstück, die graue, einst weiße, Leggings schlabberte um ihre schmalen Beine. Ihre Füße rutschten in den Birkenstockschlappen bei jedem Schritt. Der Fahrer hatte recht, die Schuhe eigneten sich nicht für einen Spaziergang. Aber für den halben Kilometer, den sie nur gehen wollte, würde es reichen.

Sobald sie den Waldweg betrat, atmete sie tief ein. Der Geruch vom Wald war herrlich. So vertraut. Viel zu lange war es schon her, dass sie hier war. Ein einziges Mal war sie seit Lottes Verschwinden am Haus gewesen. Es war der zwanzigste Jahrestag. Sie wollte ihrem Baby noch einmal nah sein.

Obwohl sie nicht genau wusste, wo Lotte war, so war sie sich zu hundert Prozent sicher, dass ihr Mann etwas mit Lotte angestellt hatte. Viel zu oft musste sie unter ihm leiden. Nur weil er sein Geheimnis nicht preisgeben wollte. Dabei ahnte sie es schon, seit sie mit Linda schwanger gewesen war. In der Nähe bestimmter Männer wurde er so weich, wie er es selten war. Seine Art veränderte sich, als würde die Maske fallen, die er zu Hause trug. Wenn sie ihn darauf ansprach, wurde Torsten Bauer wütend, und um ihr seine Männlichkeit zu beweisen, nahm er sie besonders hart. Den Teil mochte Katrin, aber wenn er sie außerhalb des Bettes schlug, war das demütigend. Manchmal wünschte sie sich, sie hätte dann zurückgeschlagen. Aber dazu fehlte ihr die Kraft. Die hatte sie nur, um ihre Wut an den Mädchen auszulassen.

Katrin blieb stehen, schlüpfte aus den Schuhen und ging, ohne sie aufzuheben, weiter. Sie würde sie nicht mehr benötigen. Obwohl sich immer wieder Steinchen in ihre Fußsohlen bohrten, kam sie schneller voran als vorher. Der Schmerz, der durch ihren Körper fuhr, war auf eine gewisse Weise angenehm. Leise sang sie das alte Kinderlied, das sie seit dem Besuch des Autors vor vielen Wochen nicht mehr aus ihrem Kopf verschwand.

Als das Haus durch die Bäume zu sehen war, lief sie schneller. Keuchend blieb sie vor der Haustür stehen und strich über das Glas, als wäre es das Gesicht eines Kindes, das man liebevoll berührte. Aus ihrer Handtasche holte sie einen einzelnen Schlüssel. Es war ein Ersatzschlüssel, den Torsten damals für verloren geglaubt hatte, als sie aus dem Haus ausgezogen waren. Er besaß alle anderen Schlüssel und wollte nicht, dass sie jemals wieder Zutritt zu dem Haus hatte. Katrin lachte. »Du warst so ein Idiot. Ich frage mich, warum ich mich überhaupt auf dich eingelassen habe. Ohne dich wäre ich wohl besser dran gewesen.«

Sie schloss die Tür auf. Der Geruch – muffig, warm und schimmelig – ließ sie würgen. Sie erinnerte sich dabei an die glücklicherweise seltenen Male, als Lotte und Linda sich erbrochen haben. Katrin ließ die Kotze immer liegen und wartete auf Torsten. Sie konnte es nicht wegwischen. Es war zu widerlich. Es war ein Wunder gewesen, dass sie den Kindern die Windeln hatte wechseln können.

Sie sah sich im Haus um. Es könnte schwierig werden, ihr Vorhaben in die Tat umzusetzen. Im Obergeschoss befand sich noch ein Teppich im ehemaligen Schlafzimmer ihrer Schwiegereltern. Katrin überprüfte, ob das Fenster dicht war.

2

Als sie vor zehn Jahren hier gewesen war, traf sie direkt vor der Haustür ihren Exmann. Er setzte sich gerade in sein Auto. Der Hass der letzten Jahrzehnte ließ Katrins Puls sofort hochkochen. Immer wieder bereute sie es, ihn damals bei der Polizei nicht verraten zu haben. Wenn sie aber ihre Vermutungen geäußert hätte, wäre Torsten mehr unter die Lupe genommen worden. Hätte es Lotte geholfen?

Sie stellte sich provokativ vor Torstens Auto.

»Katrin? Was tust du hier?«

»Das Gleiche könnte ich dich auch fragen.«

»Das Haus gehört mir, falls du es vergessen haben solltest.«

PENG. Der Stoß, den er der Autotür verpasste, ließ das Auto beim Zuknallen zittern. Katrin zuckte zusammen und trat einen Schritt zurück.

»Wag es nicht, mich anzufassen!« Das Pfefferspray trug sie nun seit drei Jahren in ihrer Handtasche mit sich und heute schien der Tag gekommen zu sein, es endlich benutzen zu können. Sollte er nur einen Schritt näher kommen. »Oder willst du mich auch umbringen, so wie du es mit Lotte getan hast?« Alles oder nichts. Sie wollte endlich eine Antwort.

Torsten blieb abrupt stehen. Schwankte mit dem Oberkörper nach hinten. Seine Fahne roch sie sofort. Und so fuhr er Auto? Sollte sie nach all den Jahren doch die Polizei einschalten? Allein wegen der Trunkenheit am Steuer wäre es gut. »Du armseliger Mann! Du trinkst immer noch! Hast wohl nicht daraus gelernt, dass ich dich deshalb verlassen habe.«

»Du Irre! Du glaubst, es hat mich interessiert, dass du mich verlassen hast? Ich habe meine Tochter verloren. Du weißt genau, wie sehr ich mir gewünscht habe, dass sie heimkehrt. Und dann hast du mir auch noch Linda genommen! Du bist doch Schuld an allem!« Er kam wieder näher.

Das Pfefferspray lag sicher in ihrer Hand. Bereit zum Angriff. »Du weißt genau, dass ich es nicht ertragen konnte, dass sie Tag für Tag die Polizei und die Suchtrupps um sich gehabt hätte.« Katrin glaubte den Satz nach all den Jahren selbst. Wie oft hatte sie ihn anderen Menschen gegenüber geäußert, wenn diese sie nach Lindas Verbleib fragten. Die Wahrheit, dass sie es nicht ertrug, Linda anzusehen – die zweite Tochter, die sie nur bekam, weil es sich so gehörte, mindestens zwei Kinder zu haben, während Lotte ein absolutes Wunschkind gewesen war –, war durch eine weitere Lüge in ihrem Leben verblasst.

»Dann hättest du sie ja wiederholen können, als die Suche eingestellt wurde!« Seine zur Faust geballten Hände machten Katrin Angst. »Aber nein, du gabst vor, sie vor mir zu schützen! Ganz ehrlich, Katrin?« Plötzlich sackte Torsten in sich zusammen. Seine Beine gaben nach und er ging in die Knie.

Was für ein Weichei, dachte Katrin, und der Gedanke daran, dass sie mit diesem Wrack jemals Sex gehabt und sogar zwei Kinder gezeugt hatte, ekelte sie an.

Wie er jetzt dort am Boden saß, die Hände vors Gesicht geschlagen, laut am Heulen. Sie wusste, sie könnte jetzt endlich ihre Antwort bekommen.

»Ich wollte Linda schützen, ja! Vor dir! Du warst durch den Alkohol so außer Rand und Band, du hättest vor ihr nicht Halt gemacht. Es hat gereicht, dass ich unter dir leiden musste. Wir wissen doch beide, dass du anfingst zu trinken, weil du deine eigene Tochter umgebracht hast!«

Sein Körper bebte und die Trauerschreie wurden immer lauter.

»Die einzige Möglichkeit, wieder ins Reine mit der Welt zu kommen, das Einzige, was du als Buße tun kannst …« Katrin rang nach Luft. Die Tränen zurückzuhalten, war nicht leicht. »Fahr zur Hölle! Nur dein Tod kann das alles sühnen, was du uns angetan hast.«

Wenige Tage später erfuhr sie durch einen Bekannten, dass er sich auf dem Dachboden des Mietshauses, in dem er seit damals lebte, erhängt hatte. Er hatte es endlich zugegeben.

3

Aus ihrer Tasche holte sie eine Zigarette und ein Feuerzeug. Ihre Finger zitterten, als sie sich die Zigarette in den Mund steckte.

»Das ist ja wie Fahrradfahren«, sagte sie laut, nachdem sie den ersten Zug genommen hatte. Der Reiz in der Lunge ließ sie husten. Den Schmerz, den sie dabei empfand, war schlimmer als jeder andere zuvor. Sie wischte sich die Tränen aus den Augen und sagte sich, dass es nun mal sein müsse.

Nachdem sie am Vortag ein Gespräch im Aufenthaltsraum zwischen einer Pflegekraft und Herrn Schaller, dem Sohn eines Bewohners, mitbekommen hatte, war sie entsetzt aufgesprungen und hatte den Mann der Lüge bezichtigt. Das Haus im Wald könne er nicht gekauft haben, es würde ihrer Familie gehören. Herr Schaller wiederholte, was er zuvor schon der Pflegekraft erzählt hatte. Linda Bauer hätte das Haus abreißen lassen wollen, aber er hätte es ihr abgekauft.

Kein Fremder dürfe dieses Haus betreten. Egal, ob er es käuflich erworben hatte oder nicht. Noch einmal zog Katrin an dem Glimmstengel, dann platzierte sie ihn direkt an der Holzverkleidung unter der Dachschräge auf dem Teppich. Das Gleiche tat sie mit einer zweiten Zigarette, die sie nah bei der ersten hinlegte.

Sie lief durch das ganze Haus und legte die angezündeten Zigaretten ab. Die Treppe eignete sich hervorragend dafür. Das alte Holz war so trocken, dass es schnell Feuer fing. Nachdem die zwei Zigarettenschachtel leer waren, tränten ihre Augen von dem ganzen Rauch, und ihr zerbrechlicher Körper schmerzte bei jedem Husten. Es fiel Katrin schwer, gegen den Überlebenstrieb anzukommen. Überall um sie herum züngelten Feuerstellen.

Katrin sank zu Boden, schüttete den Inhalt ihrer Tasche neben sich aus und sah durch verschleierte Augen auf das Foto. Sie hatte es zwei Jahre vor Lottes Verschwinden im Keller gefunden, als sie Torsten zum Essen holen wollte. Er schien ihr Rufen nicht gehört zu haben. So war sie hinuntergegangen. Der Raum, den er sonst immer verschlossen hielt, war offen. Sie sah ein Fotoalbum auf einem Schrank liegen, der neben einer weiteren Tür stand. Katrin wusste nicht, dass sich dort noch ein weiterer Raum befand. Als sie das Album hochhob, fiel ein Polaroid heraus. Ihre lang gehegten Vermutungen wurden dadurch bestätigt.

Katrin wischte sich die Tränen so gut es noch möglich war aus den Augen. Auf dem Bild war ihr Torsten zu sehen. Nackt. Mit zwei anderen Männern. Ebenfalls nackt. Torsten küsste einen, der andere streckte seine Hand an Torstens Hintern.

»Schmor in der Hölle, du Arsch!« Katrin kroch zum brennenden Holzhaufen neben dem Kamin und warf das Bild hinein. Ihre Bluse fing Feuer.

»Nein! Nein!« Sie schrie und atmete schwer. Ihre Finger waren nicht mehr im Stande, die Bluse zu öffnen. Jetzt, wo ihr Vorhaben tatsächlich funktionierte, bekam sie Panik. Sie versuchte aufzustehen, ihre Beine gaben jedoch sofort nach. Sie streckte einen Arm in Richtung des Balkontürgriffs. Vergeblich. Sie fiel dabei hin. Das zweite Foto, das sie ebenfalls immer bei sich trug, lag vor ihr auf dem Boden. Das Feuer breitete sich aus.

Katrin sah ein letztes Mal auf die wunderschönen Gesichter ihrer lachenden Mädchen. Sie glaubte, Lottes kindliche Stimme zu hören, wie sie den Reim sang. Den Reim, den Katrin sich für die Mädchen ausgedacht hatte, um sie zu erschrecken und von Verbotenem abzuhalten. Funktioniert hatte es nie.

Katrin schloss die Augen.

Das Haus brannte und in ihm Katrin Bauer, die nie genau erfahren hatte, was mit Lotte passiert war.

»Lieschen, Lieschen, fang mich doch,
50 Meter sind es noch.
Lieschen, Lieschen, komm schnell her,
Sonst siehst du mich nimmermehr …

Lieschen, Lieschen groß und schön,
Sie wird dich nur noch verhöhn'.
Lieschen, Lieschen hat dich bald,
Bist dann ganz in ihrer G`walt.

Lieschen, Lieschen gibt nie auf,
Sie folgt dir im Dauerlauf.
Lieschen, Lieschen gibt gut acht,
Der Teufel kommt um Mitternacht.

Lieschen, Lieschen, es ist kalt,
Wintereinbruch ist schon bald.

Lieschen, Lieschen, jetzt ist Schluss,
Weil ich gleich nach Hause muss.

Lieschen, Lieschen, hab dich lieb,
Du bist meines Herzens Dieb.
Lieschen, Lieschen, du bist mein,
Schließ dich in mein Häuschen ein.

Lieschen, Lieschen, find mich doch,
Ich liege hier im Kellerloch.
Lieschen, Lieschen, hol mich jetzt,
Bin mit rotem Blut benetzt.

Lieschen, Lieschen hat dich bald,
Bist dann ganz in ihrer G`walt.
Lieschen, Lieschen hat dich jetzt.
Bist mit rotem Blut benetzt.«

Danksagung

Die Idee zu diesem Buch entstand vor einigen Jahren, als ich über meine Kindheit nachgedacht hatte. Meine ersten zehn Lebensjahre habe ich mit meinen Eltern in einem solchen Haus gelebt, das im Wald stand. Allerdings nicht in der Eifel und auch nicht so weit von Nachbarn entfernt. Meine Schwester und ich sollten tatsächlich nicht – allein – in die Kellerräume gehen.

Den Ort Vordenhöfen gibt es genauso wenig wie den Roten Moorteich.

Ich danke an dieser Stelle meiner Schwester, mit der ich gerne in Erinnerungen an das Haus und vielen Erlebnissen im Wald schwelge. Meinen Eltern danke ich dafür, dass wir eine so schöne Kindheit in wundervoller Natur erleben durften.

Fachliche Unterstützung habe ich von Kriminalhauptkommissar Ludwig Waldinger erhalten. Vielen Dank für Ihre Hilfe!

Für das paranormale Phänomen der körperlosen Stimmen, die David und Linda im Haus zu hören glaubten, habe ich mich von den spannenden paranormalen Untersuchungen der Geisterakten inspirieren lassen. Wer sich für Paranormales interessiert, sollte unbedingt mal bei denen vorbeischauen.

Es hat sehr lange gedauert, bis ich die Geschichte beenden konnte. Mein Mann, der gleichzeitig mein erbarmungsloser Lektor ist, hat sich in den vier Jahren Entstehungszeit immer wieder neue Ideen zum Plot anhören müssen. Danke für deine unendliche Geduld, Unterstützung und den »Tritt in den Allerwertesten«, damit ich diese Geschichte endlich beenden konnte.

ISBN 978-3-8187-2152-7
9 783818 721527 00001
www.epubli.com

Printed in France by Amazon
Brétigny-sur-Orge, FR

28054592R00089